스토리의 유혹

KB173260

Seduced By Story

스토리의 유혹

내러티브의 사용과 남용

피터 브룩스 지음

백준걸 옮김

앨피

1984년 출간된 《플롯 찾아 읽기Reading for the Plot: Design and Intention in Narrative》에서 나는 서사와 스토리텔링의 중요성, 서사를 이해하는 방법의 중요성을 다루었다. 그 첫 문장은 다음과 같다.

> 우리의 삶은 서사와 끊임없이 얽혀 있다. 우리는 이야기를 듣기도 하고 들려주기도 한다. 때로는 이야기를 꿈꾸거나 상상하거나 말하고 싶어 한다. 이 모든 이야기는 재가공되어 우리의 삶에 관한 이야기가 된다. 혼잣말로 하는 이 이야기는 짤막한 에피소드들로 이루어지는데, 의식하지 못할 때도 있지만 그래도 이야기는 중단 없이 이어진다. 우리는 서사에 파묻혀 산다. 과거에 했던 행동의 의미를 이야기하고 재평가하기도 하고, 미래 계획의 결과를 예측하면서 아직 완성되지 않은 여러 이야기가 교차하는 곳에 우리 자신을 세워 보기도 한다.

나는 지금도 여전히 그렇게 믿고 있다. 다만, 이 책을 출간하고 수십 년이 지나는 동안 "서사"에 일어나는 일들에 관해 새롭게 깨달은 바가 있어 그 내용을 이야기하고자 한다. 흥미로운 이야기가 될 것이다.

뻔뻔해진 이야기에 대한 조용한 반격

트럼프 시대에 이르러 '대안적 사실alternative fact'이라는 신조어가 탄생했다. 탈진실posttruth 시대의 도래를 알리는 서막이었다. 자기만 옳고 내 이익만 소중해서 거짓과 술책으로 사실을 교묘하게 뒤틀어도 상관없다는 생각이 득세했기 때문이다. 이처럼 사실과 진실이 그 뿌리부터 흔들거리는 시대에, 세상이 이야기로 넘쳐나는 것은 어쩌면 당연할지도 모른다. 여기서 '이야기'란 그저 망상과 아집과 나르시시즘으로 점철된 나만의 스토리를 말한다. 사실과 분석, 논리와 비판은 온데간데없이 사라지고 서사가 현실을 집어삼켜 버렸다. 세계는 "이야기storification"의 포로로 전락했다.

이 책의 저자 브룩스에 따르면, 보르헤스는 이미 〈틀룐, 우크바르, 오르비스 테르티우스〉를 통해 허구가 신화로 고착되고 그렇게 고착된 신화 위에 공포의 정치신학을 구축했던 파시즘 이데올로기의 시대를 비판한 바 있다. 그때처럼 또다시 이야기가 현실을 완전히 장악한다면, 보르헤스가 경고한 파시즘이 다시 세상을 뒤덮지 말라는 법이 없다. 위험 수위에 도달한 서사의 홍수에 직면하여, 과거 이른바 '서사적 전환narrative turn'의 새로운 장을 열었던 피터 브룩스는 다시 이야기의 의미를 새롭게 조명한다.

이야기의 위험성을 지적하고 경각심을 갖는 것은 좋은 일이다. 그러나 스토리가 무분별하게 창궐하는 세상을 비판한다고 해서 브룩스가 이야기 자체를 폄훼하려는 것은 아니다. 오히려 브룩스는 이야기가 인간 삶의 근간을 이루는 핵심이라고 주장한다. 브룩스는 말한다. "인간은 서사를 통해 현실을 이해하고, 서사를 도구 삼아 의미를 생산한다."

브룩스에 따르면, 앎의 기원에 서사가 있다. 어원을 따져보면, 서사의 영어 단어 narrative의 어근 "na-"는 "앎"을 뜻한다. 실제로, 어근 "na-"는 knowledge의 "kno-"와 다르지 않다. 지식의 기원을 탐구한 역사학자 긴즈부르그 역시 사실과 증거들을 서사적 연쇄로 엮음으로써 인간은 비로소 지식의 체계를 구축하게 되었다고 주장한다. 가령 원시시대 사냥꾼들은 수많은 흔적들을 기록하고 해석하고 단서들을 이어 붙여 내러티브를 만들었다. 그렇게 만들어진 서사가 지식의 기원이다.

그 밖에 저자가 말하는 이야기의 장점은 무수히 많다. 부룩스는 소설을 프리드리히 실러가 말한 유희충동Spieltrieb과 연결시킨다. 없는 이야기를 지어내는 일, 즉 허구를 창작하는 행위는 아이들의 흉내 내기 놀이와 맥을 같이할 뿐만 아니라 그 발생 시기 또한 거의 일치한다. 여기서 중요한 것은, 허구와 놀이를 통해 인간은 비로소 창의적으로 세상에 대응할 힘을 얻는다는 점이다. 현실은 무섭고 무자비하다. 놀이와 이야기는 그 속에서 자유의 공간을 창출한다. 이를 통해 호모사피엔스는 세상을 헤쳐 나갈 지혜를 얻는다.

　인간은 또한 이야기를 통해 삶에서 배울 수 없는 것을 배운다. 소설을 읽으면서 우리는 우리의 눈이 아닌 타자의 눈으로 삶을 경험함으로써 새로운 세상을 체험한다. 프루스트에 따르면, "다른 눈을 소유하는 것, 다른 사람의 눈으로 우주를 보는 것, 백 명의 눈으로 우주를 보는 것, 각 사람이 보는 백 개의 우주를 보는 것, 각 사람이 하나의 우주인 그런 우주를 백 개 보는 것"(124)—바로 이것이 소설을 읽으며 독자가 경험하는 황홀한 신세계다.

　이 책에서 브룩스가 많은 지면을 할애하여 다루는 것은 소설의 서사, 소설에 나타난 스토리다. 새뮤얼 리처드슨부터 윌리엄 포크너, 드니 디드로부터 마르셀 프루스트까지, 이야기로서의 소설이 어떤 변화를 겪어 왔는지를 보여 준다. 근대소설이 시작된 18세기, 소설가들은 자신들이 만든 내러티브가 허구임에도 허구임을 극구 부인한다. 예를 들어, 그들은 자신을 우연히 발견한 편지의 전달자로, 편집자로, 출판자로 포장하며 이야기의 진실성을 주장한다. 그러다가 19세기 리얼리즘 소설이 지배적 문학 형식으로 자리 잡게 되자, 소설가들은 굳이 소설의 허구성을 감추거나 부끄러워할 필요가 없어졌다. 그들은 이제 이야기의 출처가 있다고 변명하지 않았고, 당당하게 곧바로 이야기 속으로 뛰어들었다.

그런데 20세기에 들어서면서 사정은 급변한다. 모더니스트들은 18세기 소설가들처럼 서사의 인식론, 즉 이야기꾼이 이야기를 어떻게 알게 되었는지에 대해 관심을 기울인다. 관찰자가 어떻게 이야기를 알게 되었으며 그 이야기를 어떻게 생각하는지, 과연 이야기를 이끌어 가는 화자를 신뢰할 수 있는지, 알기 어려운 과거를 화자가 어떤 방식으로 재구성하여 밝혀낼 것인지—이는 헨리 제임스와 윌리엄 포크너부터 훌리오 코르타사르와 알랭 로브그리예에 이르기까지 현대 소설가들의 첨예한 관심사였다.

　이 책《스토리의 유혹》마지막 장은 가장 새롭고 독창적인 대목이다. 브룩스에 따르면, 법률과 재판은 사실과 논증 못지않게 서사와 이야기에 의존한다. 그럼에도 불구하고 이에 주목하고 스토리텔링을 분석하는 법률가들은 매우 드물다. 이야기에 감정과 편견이 섞여 있다고 생각하기 때문이다. 하지만, 서사가 없는 재판이 있을까? 실제로, 재판은 서사들 간의 다툼이고 충돌이다. 상반되는 서사들이 재판정에서 서로 부딪치며 우위를 가른다. 판결 또한 결국에는 둘 중 어느 이야기가 더 설득력이 있는지를 판단하는 일이다.

　이 책은 여러 면에서 흥미롭고 시의적절하다. 서사에 대해, 소설에 대해 신선하고 다양한 방식으로 접근한다. 가령,

법과 스토리의 관계를 규명하는 부분도 새롭지만, 프로이트와 위니콧을 비롯한 정신분석을 경유하여 서사와 스토리텔링의 중요성을 주장하는 것 또한 브룩스의 강점이다. 수십 년 동안 정신분석과 이야기의 상관관계에 천착해 온 저자의 깊은 지식이 책 곳곳에 스며들어 있다.

피터 브룩스는 국내 문학 연구자들에게 매우 익숙한 이름이다. 그만큼 자주 번역되고 널리 알려진 중요한 비평가다. 《플롯 찾아 읽기》, 《정신분석과 이야기 행위》, 《멜로드라마적 상상력》은 서사학의 고전으로 여전히 꾸준하게 읽히고 있다. 《스토리의 유혹》은 브룩스의 역작 《플롯 찾아 읽기》의 후속작이다. 그 이후 수십 년 동안 이루어진 새로운 연구 성과가 이 책에 고스란히 담겨 있다. 서사와 이야기와 스토리텔링에 관심을 가진 독자들과 연구자들에게 차고 넘치도록 매력적인 책이다.

지난번과 마찬가지로 이번에도 마지막 교정 작업에 최현지 박사가 동참해 주었다. 섬세하고 꼼꼼한 작업에 다시 한번 감사 드린다.

2023년 10월

백준걸

차례

이야기가 넘치다

: 서사에 매혹된 세계

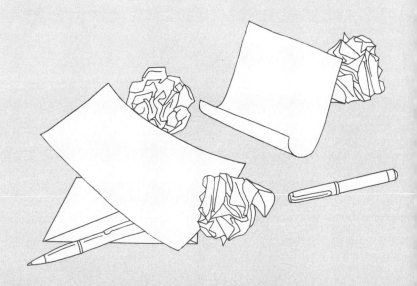

"세상에 좋은 이야기보다 더 강력한 것은 없다. 그 무엇도 이야기를 막을 수 없다. 그 어떤 적도 이야기를 이길 수 없다."

〈왕좌의 게임〉 텔레비전 시리즈의 마지막 에피소드에서 '장애가 있는' 타이윈 라니스터의 막내아들 | 티리온은 브랜 '더 브로큰'의 즉위를 강변하며 이렇게 말한다. 시청자들은 그의 선택도 그가 내세운 근거도 좋아하지 않았다. 이야기가 세계를 지배한다는 주장은 이제 너무 진부해서 흔해빠진 상식처럼 느껴질 정도다. 이제 서사는 인간사를 지배하는 유일한 형태의 지식과 언어로 받아들여진 것 같다.

서사가 세계를 장악했음을 내가 알게 된 것은 2000년 12월 조지 W. 부시 대통령이 내각 인선을 발표했을 때다. 부시 대통령은 장관 후보자들에 대해 이렇게 말했다. "한 사람 한 사람이 어디에서도 들을 수 없는 자신만의 이야기가 있다. 그들의 이야기는 미국이 무엇을 할 수 있는지, 무엇을 해야 하는지 너무나 훌륭하게 보여 준다." 콜린 파월 국무장관에 대해서는 더 짧고 강렬하게 소개했다. 파월의 이야기는 "위대한 미국인의 이야기"였다. 노먼 Y. 미네타 교통부 장관 소개는 그보다도 짧았다. "나는 그의 이야기를 좋아한다." 나는 부시 대통령의 현실 이해가 전적으로 서사적이라는 인상을 받았다. 다른 어떤 형태의 연설이나 인지 능력도 서사에 미치지 못했다.

부시 대통령은 내러티브가 세상에 대한 지식과 자아 인식을 구축하는 중요한 도구라는 생각을 극적인 방식으로 증명했다. 그 순간 나는 슬펐고 상당히 혼란스러웠다. 마치 내가 키우던 햇병아리가 현실을 집어삼키는 '이야기'라는 이름의 포식 동물이 된 것 같았다.

1970년대 초부터 나는 내러티브가 자아와 주변 세계를 이해하는 핵심 요소이며, 심리학자 제롬 브루너의 용어로 말하자면 인간은 서사적 현실 구성 속에서 그리고 그에 근거하여 살아간다고 주장하고 가르쳐 왔다.[1] 이는 당시 일반적인 통념이 아니었다. 프랑스 구조주의 언어학자, 인류학자, 문학이론가들에게 영감을 받은 일종의 인류학적 견해였다. 나는 동료들과 함께 "소설과 서사 형식"이라는 과목을 가르쳤다. 이 과목에서 나는 이야기의 형식적 구조뿐만 아니라 그 목적과 계획에 대해서, 문학적 서사뿐만 아니라 광고, 신화, 꿈 등을 통해 전달되는 이야기에 대해서 질문을 던졌다.

우리는 인간이 내러티브를 통해 세계를 이해하고 내러티브를 도구로 삼아 세계의 의미를 생산한다고 보았다. 이 주장은 심리학과 철학뿐만 아니라 훗날 의학과 경제학 분야에서 일어난 이른바 "서사적 전환narrative turn"의 지원을 통해 더 강화되었다. 점차 우리는 우리가 하는 작업이 일상적인 것과 초월적인 것을 망라하는 서사의 다양한 쓰임새를 이해하려는 더 큰 운동에 속한다는 것을 알게 되었다.[2] 그러나 21세기 초 우리가 목격하고 있는바, 서사가 현실을 삼켜 버린 상황, 합리적인 분석에 전념해야 할 공적 시민 담론마저 서사에 인질로 잡혀 버린 듯한 상황을 우리는 생각해 본 적도 없고 그렇게 되기를 희망하지도 않았다. 이와 같은 내러티브의 현실 장악(그 의미는 무엇인가, 이를 어떻게 생각할 것인가, 어떻게 하면 서사가 무엇이고 무엇을 하는지 더 명쾌하게 설명할 수 있는가)이 내가 이 책을 쓰는 이유다.

"세상에 서사는 무수히 많다."[3] 내러티브를 체계적으로 분석하는 서사학narratology이라는 새로운 학문의 시초가 된 논문, 〈구조적 서사 분석 입문〉(1966)에서 롤랑 바르트는 말한다. "서사가 없는 민족은 어디에도 없으며, 존재한 적도 없다." 바르트는 "서사는 국제적·초역사적·초문화적이다. 서사는 마치 생명체와 같다"고 주장한다. 시와 달리 이야기는 번역될 수 있고, 다른 매체로 옮길 수 있으며, 요약될 수 있고, "다른 말로" 다시 이야기될 수 있지만, 여전히 같은 이야기로 인식된다. 내러티브는 현실을 파악하고 현실의 질서를 이해하는 근본적인 도구다(인간은 세 살이 되기 전에 내러티브를 발견한다). 그런데 사실들을 무작위적으로 배열한다고 해서 서사가 만들어지지는 않는다. 이야기가 서로 어우러지는 방식에 대한 이해, 삶이 서사로서 의미를 얻는 방식에 대한 이해가 사실의 선택과 표현에 개입한다. 우리의 일상적 삶, 우리의 몽상, 우리의 자아 이해는 모두 이야기의 형식으로 구성된다.

뻔해 보이는 것이라도 자세히 들여다보면 얻어 낼 것이 많다. 서사도 마찬가지다. 과거에는 제대로 연구되지 않았던 서사가 이제는 세밀하고 날카로운 분석의 대상이 되었다. 서사가 대중의 삶에 과하다 싶을 만큼 깊이 스며든 까닭에, 우리 분석가들은 더 넓은 문화적 의미에서 이 둘이 무관하지 않다고 느낀다. 프랑스 철학자 장 프랑수아 리오타르는 포스트모던 시대에 사회 전체를 지탱하던 "거대서사," 특히 해방의 서사가 힘을 잃었다고 주장한다.[4] 이제 남은 것은 사방팔방에 창궐하는 조그마한 서사들, 주로 자아도취적이고 자기본위적인 서사들이다.

방금 산 과자 포장지를 봐도 "우리의 이야기"를 해 보겠다는 말이 적혀 있다. 온라인에서 가구를 주문할 때에도 "우리의 이야기"라고 쓰인 탭을 보게 된다. "스티브 코넌과 니라즈 샤는 고등학생 때 코넬대학 여름 프로그램에서 만났다. 둘 다 코넬에서 공학을 전공했고, 1학년 때 같은 기숙사에서 생활하면서 금세 친구가 되었다. 마지막 학기에 스티브와 니라즈는 기업가정신 과목을 같이 수강했다. 수업을 듣다가 사업 구상이 떠올랐고, 둘은 창업을 결심했다. 궁극적으

로 이 수업은 여러 기술 분야 기업을 세우고 발전시키는 밑거름이 되었다(왜 이 이야기가 구매자들에게 신뢰를 줄 거라고 판단했는지는 명확하지 않다)." | 미국 자연주의 비누 브랜드 | **톰스오브메인**에서는 이를 "뒷이야기"라고 부른다. "필라델피아에 살던 톰 채펠과 케이트 채펠은 식구가 늘자 건강하고 단순한 삶을 찾아 1968년 메인주로 이사한다. 그들은 가공 처리되지 않은 천연 식품의 우수성을 발견한 후 개인위생 제품들의 품질도 이처럼 우수한지 찾아보았다. 그러나 그들이 발견한 것은 인공조미료, 향료, 감미료, 색소, 방부제 등이 나열된 라벨뿐이었다. 그래서 직접 제품을 만들기로 결심한다."

| 미국 의류 브랜드 | **제이크루**도 "우리의 이야기"를 제공한다. 프록터앤드갬블도 마찬가지다. 존슨앤드존슨은 많은 지면을 할애하여 삽화를 곁들인 "우리 이야기"를 상세하게 설명한다. 스냅챗은 2015년 특정 이벤트에 참여한 사람들을 모아 "우리의 이야기"라는 특집을 마련한다. 2020년 《뉴욕타임스》는 자사 기자 루크미니 캘리마치가 쓴 기사의 정확성에 의문을 제기하며, 신문사에서 일어나고 있는 "중대한 변화"를 지적한다. "《뉴욕타임스》는 기록 중심의 지루한 종이신문에서 웹과 스트리밍 서비스를 통한 짜릿한 서사들의 모음으로 진화 중이다."[5]《뉴욕타임스》의 독자들은 이제 거의 모든 기사가 본격적인 주제를 다루기 전에 짤막한(때로는 지루

한) 이야기로 시작되는 것을 알 수 있다.

　몇 가지 예를 더 들어 보자. 프랑스 사회학자 크리스티앙 살몽에 따르면, 로널드 레이건 대통령의 고문으로 일했던 전직 언론인 데이비드 거겐은 "오늘의 이야기"라는 중요 개념을 미리 만들어 언론에 배포했고, 언론은 이를 근거로 논평하고 전파했다.[6] 통치자들이 매체의 서사를 통제하는 것이 통치의 핵심이라고 판단하면서, 이러한 일은 더 악의적인 형태로 지속되고 있다. 《뉴욕타임스》는 "국가는 경제성장의 원동력에 대해 더 나은 이야기가 필요하다"라고 쓴 바 있다.[7]

　아네트 시몬스는 재계를 다룬 《최고의 스토리를 만드는 사람이 이긴다》| 한국어판 제목은 '성공하는 녀석들은 이야기도 잘한다' | 에서 다음과 같이 주장한다. "세상에서 진짜 중요한 이슈는 궁극적으로 가장 큰 관심을 끌고 자주 반복되는 이야기에 의해 결정된다."[8] 트위터와 밈이 현실을 표현하는 방식을 장악하면서 이 주장은 날이 갈수록 설득력을 얻고 있다. 시몬스는 말한다. "더 좋은 스토리텔링으로 세상의 모든 문제를 해결할 수 있고 견딜 수 있으며 제거할 수도 있다." "어떤 상황에서든 돈을 더 많이 벌고 협력을 증진하고 반대를 줄일 도구를 제공할 것이다."

　내셔널 퍼블릭 라디오 | 미국의 공영 라디오방송국 NPR | 의 '스토리봉

사단' 프로젝트는 다소 공동체주의적이지만 훌륭한 견해를 제시한다. "스토리봉사단의 사명은 인류의 다양한 이야기를 보존하고 공유함으로써 유대감을 형성하고 더 정의롭고 자비로운 세상을 만드는 것이다. 이를 통해 서로가 공유하는 인류애를 되새기고, 유대감을 구축 및 강화하고, 경청의 가치를 가르치고, 모든 사람의 이야기가 중요하다는 생각을 우리 문화에 깊이 뿌리를 내리도록 하고자 함이다. 이는 미래 세대를 위해 더할 나위 없이 귀중한 기록보관소를 만드는 셈이다."[9]

재계에서 높이 평가받는 이야기 작법 워크숍 운영자 세스 고딘은 2020년 여름 미국을 혼란에 빠뜨린 사건들에 대해 다음과 같은 견해를 게시한다. "앞으로 나아갈 길은 열려 있다. 공감을 통해서 그리고 실천을 통해서 말이다. 우리는 각자 더 나은 미래를 함께 엮어 나가며 우리의 이야기, 진정한 가능성의 이야기를 들려줄 책임이 있다. 우리는 모두 이야기의 강력한 효과를 직접 경험했다. 이 검증된 워크숍은 더 나은 세상을 만드는 이야기를 쓸 수 있도록 도울 것이다."[10]

"도둑맞은 선거" 이야기는 몇 달 후 미국 의사당 공격으로 이어졌다 | 2020년 트럼프 지지자들은 미국 대선이 조작되었다는 가짜 이야기를 사실로 믿었다. 그러한 믿음은 2021년 1월 6일 연방의회 의사당 공격으로 현실화되었다. 그 목적은 대선 결과를 뒤집기 위해서였다 |.

비슷한 사례는 산더미처럼 많다. 모든 사람은 저마다 이야기가 있다. 이제 기업들도 아무리 기괴하고 진부한 이야기라도 이야기를 잘하는 것이 정체성과 신념을 지키고 이익을 증진하는 길임을 뼈저리게 실감한다. 기업 보고서도 통계에서 서사적 모드로 전환되었다. 기업의 뒤를 이어 정치인과 정당, 군대, 관광 산업, 대학, 병원, 제과점, 심지어 회계법인까지 이 대열에 동참했다.

사회학자 살몽은 비즈니스와 정치를 지배하는 새로운 서사적 질서, "누벨 오드르 나라티프nouvel ordre narratif"(NON)를 발견했다. 2001년에 파산한 엔론 등의 유명 기업이 이야기(사실은 허구)에 기반을 둔 것으로 보인다고 살몽은 지적한다. 그 이야기는 회사의 대차대조표와는 별로 관련이 없는, 일종의 가상 회계를 토대로 막대한 부의 내러티브를 만들어냈다. 살몽에 따르면, 철학과 윤리, 문학이론과 역사 서술에서 발흥한 서사에 대한 관심은 기업경영을 넘어 군대로 퍼져 나갔다. 진행 중인 의심스러운 전쟁을 뒷받침할 긍정적인 서사가 필요하기 때문이다.

항상 소소한 일화(짤막한 이야기)를 들려주었던 로널드 레이건 대통령도 이야기를 통해 통치했는데, 때로는 자신이 출연한 영화와 현실을 혼동하기까지 했다.[11] 레이건 이후 스토리텔링은 너무 보편화되어 그 본질, 역할, 확산, 영향력을 논

할 때 어디서부터 시작해야 할지 모를 정도다. 가장 극명한 예는 모니카 르윈스키 사건으로 클린턴 대통령을 탄핵하기 위해 작성된 '스타 보고서Starr Report'다. 이 보고서는 "내러티브"라는 간단한 제목의 섹션을 통해 가장 중요한 조사 결과를 보여 준다 | 보고서는 연표, 인물, 서론, 내러티브, 탄핵 근거로 순서로 구성되어 있다 |. 이는 일종의 선제공격이다. 마치 "이 사건은 이렇게 일어났고 다른 해석은 있을 수 없다"고 말하는 듯하다.

이처럼 스토리텔링을 분별없이 고평가하는 풍토는 현대 문화의 중요한 진실을 말해 주는데, 이에 대해서는 좀 더 정밀한 분석이 필요하다. 다른 형태의 표현과 이해는 놔두고 왜 스토리텔링을 선호하는 것일까? 라디오가 전부였던 시절에 들었던 노래 광고가 기억에 남는다. 너무도 생생해서 그중 몇 개는 지금도 생각난다.

나는야 치키타 바나나
제대로 익은 바나나가 제일로 맛있어
갈색 점이 알록달록 색깔은 금빛,
금빛 바나나가 최고, 정말 맛있어

이 가사는 1944년에 처음 나왔다. 밸런타인 맥주 시편도 있다.

일천 사백 구십 이년

콜럼버스가 푸른 바다를 건너는데

바닷길이 너무 더워

선원들은 소리쳤네

"밸런타인 좀 달라고요"

텔레비전 시대로 접어들면서, 밀러 맥주처럼 감미로운 노래 가사를 곁들여 제품을 띄우는 광고가 등장하기도 했다.

휴식의 시간, 밀러가 있다

마시자 또 마시자

다른 건 모르겠고

시간이 나는 날에는

맥주가 있다, 밀러가 있다

간결하고 감정에 호소하는 소통 형식인 가사(또는 서정시)가 내러티브라는 더 담론적이고 부가적인 형식에 완전히 뒤처지게 된 이유는 무엇일까?

이른바 '현실의 이야기화storification' 현상이 초래한 결과는 지나친 단순화일지도 모르지만, 그 원인은 단순하지 않다. 현재 진행 중인 이야기의 과잉팽창이 1960년대부터 시작된 서사와 서사 분석에 대한 새로운 비평적 관심과 어느 정도 관련이 있는 것은 아닐까? 의도하지는 않았지만, 그럴 가능성이 높다. 여러 학문 분과에서 발흥한 서사적 전환은 현재 온통 세상을 점령한 스토리텔링보다 시기적으로 앞설 뿐만 아니라 실제로도 스토리텔링의 유행에 상당한 영향을 주었다.

수십 년 전만 해도 스토리텔링을 제쳐 두고 인구통계학적·사회적 분석에 몰두하던 역사학은 다시 본격적인 스토리텔링으로 회귀한 것으로 보인다. 철학, 특히 도덕철학에서도 (물론 여전히 논리적·언어적 분석이 지배적이지만) 폴 리쾨르, 리처드 로티, 알레스데어 매킨타이어, 찰스 테일러처럼 서사를 강력하게 옹호하는 학자들이 등장했다. 암묵적이든 명시적이든 이들의 주장은 이야기를 통해서만 인간의 제도와 행동을 제대로 파악할 수 있다는 것이다. 서사의 세계와 무관해 보이는 경제학에서도 D. N. 맥클로스키와 노벨경제학상을 수상한 로버트 실러 등이 서사를 경제학의 한 부분이라고 주장한다. 심리학에서는 제롬 브루너를 꼽을 수 있다. 그는 어린아이들이 "과학적" 실험이 아니라 이야기를 통해서 현실을 배운다고 강조한다. 리타 샤론을 비롯한 여러 학자들은 환자의 이야기를 경청하고 질병과 회복, 죽음에 대한 이야기를 서로 나누는 "서사의학"의 중요성을 주장해 왔다.

설명으로서의 서사는 오래된 패러다임(역사적·진화론적 사상의 황금기였던 19세기에 주로 발전한)에 속하는 것처럼 보이지만, 마치 인간만이 시간에 얽매인다는 점을 강조하기라도 하듯 다시 돌아왔다. 아마도 이야기 형식으로 다루기에 가장 좋을 주제는 죽음일 것이다. 삶이 어떤 의미를 갖든 또는 갖지 못하든 그 의미는 시간에 따라 변한다. 린 마누엘 미란다가 주연을 맡은 브로드웨이 뮤지컬 〈해밀턴〉의 결말은 누구라도 대답할 수 있는 날카로운 질문으로 끝을 맺는다. "누가 살고, 누가 죽고, 누가 당신의 이야기를 들려주나?"

내러티브는 지식을 추구하고 전달하는 여러 학문 분야에서 **핵심적인** 역할을 담당한다. 가장 철학적인 역사 글쓰기 분석가인 루이 O. 밍크는 역사적 사건의 이해에서 서사의 쓰임새를 고민하면서, 서사적 역사를 거부하지도(일부 계량주의 역사학자들과 달리) 서사에 진리값을 부여하지도 않았다. 밍크는 과거를 이야기하는 한에서만 과거가 존재한다는 점을 지적한다. "알려지지 않은 앎이 존재할 수 없는 것처럼 이야기되지 않은 이야기는 결코 존재할 수 없다. 아직 서사적 형식으로 기술되지 않은 과거 사실만이 존재할 뿐이다."[12]

역사 서술에서는 합격점을 받을 주장이지만, 법의 작동 방식을 설명할 때에는 너무 과격하게 들릴 내용이다. 앤서니 암스테르담과 제롬 브루너는 《법에 대한 생각》에서 "논리적 타당성을 근거로 채택된 독립적 데이터를 검토"함으로써 판결을 이끌어 낸다는 전통적인 견해가 후퇴하고, "서사를 선택(숙고했거나 하지 않았거나 상관없이)하고 **무슨 일이 일어났는지** 또는 **세상이 어떻게 작동하는지**를 잘 설명하는 것이 '사실'에 대한 질문과 대답을 좌우한다"[13]는 견해가 득세했다고 설명한다. 다시 말해서, "현장의 사실"은 내러티브로 만들어지기 전까지는 인지될 수 없으며, 내러티브와 그 의미는 사실에 의해 결정되는 것이 아니라 서사적 일관성과 의미에 대한 우리의 기대에 의해 만들어진다. 그러한 우리의 기대는 인간의 행동, 동기, 도덕, 젠더 정체성 등에 대한 기존 관념에 뿌리를 둔다.

서사는 사실과 판단과 판결을 만들 때에는 중요할 수 있지만, 이론적으로 법적 판단에 스토리텔링이 낄 자리는 없다. 법의 관점에서 보면, 이야기는 의심스러울 정도로 감정적이고, 공감 또는 편견(법적 규칙이 봉쇄하고 제한해야 하는)에 호소한다.[14] 그러나 법이 생각보다 이야기에 훨씬 더 많이 의존한다는 증거는 상당히 많다. 내가 말하는 것은 법정에서 전달되는 이야기만이 아니다(일반적으로 법정에서는 상반된 두 이야기가 있고, 그중 하나가 승리한다). 항소법원에서도 마찬가지다. 소송이 법 규칙에 따라 판결되었는지 판단하려면, 재판에서 확정된 "소송 사실들"이 항소법원에서 다시 이야기되어야 하기 때문이다. 다른 이야기도 많다. 판례 이야기도 있고 헌법에 관한 이야기, 즉 헌법 텍스트와 그 텍스트를 어떻게 확정하고 해석해야 하는지에 관한 이야기도 있다. 법이 이야기를 사용한다는 사실, 그럼에도 법이 자신의 이야기적 특성에 무지하다는 사실은 깊이 생각해 볼 필요가 있다. 법의 이야기 문제는 이 책 6장에서 다룰 것이다.

논문 〈현실의 서사적 구성〉에서 브루너는 서사의 중요성에 준거가 될 만한 주장을 제시한다. 브루너에 따르면, 어린 아이들을 마치 현실을 테스트함으로써 세상이 어떻게 작동하고 어떻게 살아가야 하는지 발견해 나가는 아기 과학자처럼 대하는 인지심리학적 연구들이 지나치게 많다. 브루너가 보기에 어린 과학자 모델은 잘못되었다. 아이들은 부모, 보호자, 형제자매, 놀이 친구와의 서사적 상호작용을 통해 훨씬 더 많은 것을 배운다. 아이들은 사물의 작용 방식과 행동의 의미에 대한 이야기를 서로에게 들려주는데, 여기에는 불가사의한 성인의 세계도 포함된다. 즉, 아이들은 프로이트가 주장하고 샬럿 브론테와 헨리 제임스, 마르셀 프루스트가 다양한 방식으로 극화한 성性의 세계를 비롯하여 온갖 종류의 사물에 대한 이론을 이야기 형식으로 발전시킨다.

물론 신화는 일반적으로 기원 또는 죽음의 의미와 같이

논리적 추론으로는 설명할 수 없는 무언가에 관한 이야기다. 이야기는 세상과의 인지적 상호작용에 필수적인 요소일지도 모른다. 이야기의 설명 방식도 시간 속에서 발생하며, 인간도 장소에는 구애받지 않지만 시간의 제약은 받기 때문이다. 이야기는 시간 속에서 펼쳐지는 설명과 의미의 **논리**, 죽음이라는 운명에 처한 인간의 논리다. 긴 여행이 끝날 무렵 프루스트의 주인공이 자신의 소명을 발견했을 때, 그는 "시간의 형상"을 띤 책을 쓰도록 부름 받는다.

서사적 전환과 관련된 사상가들이 서사에 대해 존재론적 주장을 하는지 인식론적 주장을 하는지, 즉 서사를 인간 존재를 구성하는 핵심 요소로 보고 인간을 호모 나랜스Homo narrans로 정의하는지, 아니면 서사를 인간이라는 존재(서사가 없었다면 체계를 갖추지 못했을 존재)를 이해하기 위한 정신적 도구로 보는지 항상 명확하지는 않다.[15] 우리가 그 질문에 답할 수 있을지 확신이 서지 않는다. 브루너의 주장처럼 유년기에 이루어진 타인 및 주변 환경과의 교섭 관계가 이야기 형식을 띤다면, 그것이 인간이 타고난 서사주의자narrativists임을 의미하는지 아니면 유년기의 정신 훈련이 서사적 형태를 취한다는 것인지 알기는 어렵다.

존재론과 인식론 중 하나를 선택하는 것보다 더 중요한 것은 말과 삶이 서로 다름을 인식하는 것이다. 세계가 하나의 내러티브이고 인간은 그 세계를 살아가는 존재일 수 있지만, 서사적으로든 분석적으로든 그것을 이야기하는 것은 전혀 다른 일이다. 비록 우리는 이야기를 통해서만 실제로 무슨 일이 일어났는지 알 수 있지만, 실제 일어난 일과 그에 대한 이야기를 구분하지 않는다면 혼란이 생길 것이다. 이는 법적 판결에서 상당히 흔하게 나타나는 현상이다. 우주는 우주에 관한 이야기가 아니다. 비록 이야기가 우리가 가진 전부라도 말이다. 이야기에 매몰되어 버리면, 그 차이를 망각한 채 실제 현실보다 구성된 현실의 우위를 주장할 수도 있다.

　모든 유형의 사회제도에서 스토리텔링이 확산되는 동안 서사 개념은 사소해졌을지 몰라도, 서사 자체는 사소한 현상이 아니다. 서사는 우리가 경험하는 현실이 상당 부분 서사적으로 구성되었다는 새로운 인식에 반응한다(그 반응은 둔감할 수도 있고 착취적일 수도 있다). 물론 서사적 구성이 새로운 것은 아니다. 클로드 레비스트로스 같은 신화학자의 연구에 따르면, 내러티브를 통한 현실 이해는 모든 민족의 공통된 특징이다. 가령, 서사시의 스토리텔링은 전 세계 여러 지역에서 문화적 정체성의 근간을 이룬다. 달라진 점은, 내러티브의 문화적 중요성에 대한 인식이 커졌다는 것이다. 서양 문화에서 이러한 인식의 정수는 일찍이 비극의 구성에서 뮈토스Mythos, 즉 이야기 혹은 플롯의 우위를 주장하는 아리스토텔레스의《시학》에서 찾아볼 수 있다.

그러나 나는 서사 구조를 이해하려 했던 20세기의 다양한 시도에서 우리가 이야기에 집착하게 된 근원을 찾아보고자 한다. 그중에서도 혁명 이후 번성했다가 스탈린 정권에서 쇠퇴한 러시아 형식주의는 그 시초라 할 만하다. 러시아 형식주의자들은 문학적 작품의 구성적 성격에 특히 주목했다. 보리스 아이헨바움의 논문 제목 "고골의《외투》는 어떻게 만들어졌는가"는 러시아 형식주의의 기조를 가장 잘 드러낸다. 블라디미르 프롭의《민담 형태론》(1928)도 주목할 만하다. 이 책에서 프롭은 민담 수집가들이 "동화"로 분류한 러시아 이야기 100편을 골라 기능과 행위자를 중심으로 분석한다. 대부분의 이야기는 일련의 유사한 기능("행위의 전개에서 그 행위가 얼마나 중요한가에 따라 정의되는 인물의 행위")을 따르며, 인물의 이름이 무엇이든 간에 일반적인 인물들을 사용한다. 프롭에게 기능과 순서는 강력한 분석 도구가 된다. 그리고 러시아 형식주의자들의 관점에서, 이러한 유형의 작업(기능적 단위와 이 단위들이 결합하는 방식을 식별하는 일)은 허구적 구성물의 건축자재를 식별하는 것이 얼마나 중요한지를 명확하게 보여 주었다.[16] 러시아 형식주의는 문화적 가공물에 관한 지식을 형식화하려는 거대한 움직임의 일부였다.

나는 러시아 형식주의자들이 주장한 핵심적인 구분, 즉 파불라fabula와 슈제트sjuzhet의 구분이 본격적인 서사 분석에 중요하다는 말이 그렇게 현학적이라고 생각하지 않는다. 파불라는 "자연스러운" 시간 순서에 따라 사건을 배열한 이야기다. 반면, 슈제트는 내러티브를 통한 사건의 표현이다. 이때 사건들은 시간적 순서대로 나타나지 않으며, 거의 대부분 재배열, 음영 처리, 확대, 축소, 왜곡의 과정을 거친다. 사건은 대체로 어떤 설계와 의도에 따라 조직된다. 따라서 슈제트는 백지와 같은 순수한 상태가 아니다. 그것은 어떤 관점 또는 배열이며, 이야기에 대한 특정한 입장이다. 그러나 잠시만 생각해 보면 슈제트를 통해서만 파불라, 즉 일어난 사건들을 파악할 수 있음을 알 수 있다. 이야기와 말하기의 차이는 다양한 영역에서 중대한 함의를 가진다. 가령, 법에서는 항상 "사실만"을 서사적 형식으로 전달해야 하며, 이는 결과에 결정적인 영향을 미친다.

러시아 형식주의자들의 작업은 프랑스 구조주의 "서사학," 특히 롤랑 바르트, 츠베탕 토도로프, 제라르 주네트의 연구에서 새로운 생명을 얻는다. 1970년대와 80년대 미국 대학에서 서사와 서사 분석에 주목했던 일은 이야기와 이야기의 힘을 문화적으로 높이 평가하는 분위기와 분명 관련이 있을 것이다. 그렇지만, 스토리텔링이 재계와 정계를 사로잡은 현상과 서사 분석가들은 직접적인 관련이 없다. 바르트의 표현으로 "서사성narrativity", 즉 우리가 이야기 세계로 들어갔음을 알리는 신호들은 문화적으로 매우 중요하다.[17] 우리는 대부분의 삶을 서사성의 테두리 안에서 살아간다. 역사학자 카를로 긴즈부르그에 따르면, 현대의 "인간과학"은 사냥감이 남긴 흔적을 따라가면서 단서를 통해 무언가를 알아내는 "증거적 패러다임"에 의해 작동한다. 이는 개별적인 것들을 모아 서사적 연쇄를 직조하는 작업을 통해 발견에 도달하는 구체성과 특수성의 과학이다. 긴즈부르그는 이를 사냥꾼의 전승 지식과 비슷하다고 본다.

인간은 수천 년 동안 사냥꾼이었다. 수도 없이 사냥감을 뒤쫓으며 진흙 속의 흔적, 부러진 나뭇가지, 배설물, 털 뭉치, 뒤얽힌 깃털, 아직 가시지 않은 냄새 등을 통해 보이지 않는 사냥감의 모양과 움직임을 재구성하는 방법을 배웠다. 사냥꾼은 타액과 같은 극도로 미세한 흔적을 냄새 맡고, 기록하고, 해석하고, 분류하는 법을 배웠다. 그는 깊숙한 숲이나 숨겨진 위험이 도사린 대초원에서 번개처럼 빠른 속도로 복잡한 정신 작업을 수행하는 법을 배웠다.[18]

수렵사회 이후에도 탐색은 이러한 세부적인 요소들을 추

적함으로써 발견에 도달하고, 이를 의미의 사슬로 만들어 그 연관성을 밝혀낸다. 긴즈부르그는 이러한 종류의 지식이 내러티브의 기원일 것으로 짐작한다. 사냥꾼이 수집한 데이터는 관찰자에 의해 "서사적 연쇄를 생성하는 방식으로 배열되어야 하며, 이는 가장 간단하게 '누군가 이 길을 지나갔다'로 표현할 수 있다."

내러티브는 특정한 유형의 인지적 도구일지도 모른다. 즉, 연쇄적으로 연결될 때에만 의미를 갖는 현실의 세부 내용을 해석하기 위해 "발명"된 도구일지도 모른다. 그러한 연결을 통해 우리는 가령 "누군가 이 길을 지나갔다"는 사실을 감지할 수 있다. 이것이 바로 셜록 홈스의 추리다. 단서를 가지고 의미가 있는 현실의 세부적인 사실들을 찾아내는 것이다. 사냥꾼의 패러다임은 발화와 인지의 한 형태로서 서사가 갖는 사용가치를 더 일반적인 용어로 나타낼 수 있다. 서사는 세부적인 요소들을 의미 있는 배열로 조합하는 것이 사냥감(그게 무엇이든)을 추적하는 유일한 방법일 때 우리가 사용하는 도구다.

특정한 유형의 설명(가령, 지질학·문헌학·진화생물학)은 반드시 내러티브를 통해 작동한다는 19세기의 발견은 긴즈부르그의 함축적인 가설을 뒷받침한다. 진화적 변화를 설명한 찰스 다윈의 서사는 현대의 많은 분석에 매우 중요하다.[19]

예를 들어, 정신분석학이나 법적 추론의 "사례 연구법"도 결정적으로 서사적 설명에 의존한다. 즉, 우리는 환자의 중상이나 법적 원칙의 적용 가능성에 대한 논쟁처럼 현재 벌어지는 현상으로부터 추론을 시작하여, 서사적 경로를 따라 과거로 돌아가 원인과 기원을 찾음으로써 현재가 어떻게 지금처럼 되었는지를 설명한다. 더 넓은 관점에서 말하자면, 계몽주의 시대에 이르러 인류가 당시까지 지배적이던 인간 조건에 대한 신성한 관점에서 탈피하고 스스로 자기 자신을 설명해야 하는 세속적 세계로 진입하면서, 내러티브는 필수적인 앎의 형식이 되었다.

이러한 시각에서 볼 때 서사는 필수 불가결한 요소다(물론 보편적으로 다 그렇다는 말은 아니다). 그러나 증거적 패러다임은 오늘날 우리가 접하는 무분별한 서사의 확산에 정당성을 부여하지 않는다. 우리는 서사만이 규명할 수 있는 문제와 다른 유형의 담론으로 사유해야 하는 문제를 구체적으로 구별할 수 있다. 구조주의 언어학자 로만 야콥슨은 특정한 종류의 실어증과 관련된 두 가지 극단적 언어 유형을 구분한다.[20] 한쪽 극단에서는 화자가 단어를 의미 있는 순서로 결합할 수 없고, 다른 쪽 극단에서는 적절한 단어를 고를 수 없다. 전자는 조합의 축인 환유적 기능 장애를, 후자는 선택의 축인 은유적 기능 장애를 보여 준다. 고전 수사학의 용어를 활용한 야콥슨의 해석에 따르면, 선택의 축인 은유는 언어의 감각성, 그리고 운율과 유비 관계와 공명共鳴에 의한 구조화를 강조한 서정시로 대변된다. 환유는 내러티브, 특히 구체적 사실들을 하나하나 작업하면서 세부 내용을 축적하고 연결함으로써 전체를 완성하는 19세기 사실주의 소설 전통에서 가장 두드러지게 나타난다.

야콥슨의 이론에 따르면, 서사는 세계를 표상하기 위해 언어를 사용하는 큰 범주이지만 유일한 범주는 아니다. 이 구분을 통해 알 수 있는 것은, 만약 한쪽 극단을 택하고 다른 쪽 극단을 무시하는 일이 발생한다면 비평적 관심이 일어나야 마땅하며, 이는 무언가 일이 꼬였음을 의미한다는 점이다. 서사의 등장으로 다른 형태의 표현이 공공 영역에서 완전히 퇴출되었다면, 무언가가 잘못 돌아가고 있는 것이다.

정말로 모든 설명이 서사적 형태로 제시되기를 원한다는 말인가? "이야기"가 자칫 다른 유형의 설명을 거부하는 구실 같은 것이 될 위험은 없을까? 예를 들어, 한때 대표적인 시민적 담론으로 여겨졌던 논리적 논증은 어떨까? 내가 나의 이야기를 한다고 해서, 기업이 기업의 이야기를 한다고 해서, 나 자신을, 기업 자체를 설명할 필요가 과연 없어지는 걸까?

스토리텔링은 때로 핑계가 될 수 있다는 인상을 준다. 여기서 핑계란, 이야기를 통해 일종의 모범적인 지위를 주장함으로써 다른 형태의 정당화를 피해 보겠다는 속셈을 뜻한다. 아네트 시몬스의 주장을 떠올려 보라. "더 좋은 스토리텔링으로 세상의 모든 문제를 해결할 수 있고 견딜 수 있고 제거할 수 있다." 정말 이 주장에 동의하는 사람이 있을까? 문제를 해결하기는커녕 우리를 미혹에 빠뜨리는 작업이 아닐까?

서사 패러다임의 지배에 강력한 비판의 목소리를 낸 사람은 철학자 갤런 스트로슨이다. 그는 특히 "자아"가 서사여야 한다는 생각을 비판했다.

심리학자 제롬 브루너에 따르면, "자아는 영원히 다시 쓰여지는 이야기"다. 우리는 모두 끊임없이 "자아 형성의 서사"에 참여하고 있으며, "결국 우리는 우리의 삶을 '이야기'하는 자서전적 서사가 **된다**." 올리버 색스도 이에 동의한다. 그에 따르면, 우리 각자는 "'서사'를 만들며 살아간다. 이 서사가 바로 우리 자신이자 우리의 정체성**이다**." 문학 연구, 심리학, 인류학, 사회학, 철학, 정치 이론, 종교학 등 다양한 인문학 분야에서도 모두 한목소리로 이에 동의한다. 심리치료, 의학, 법학, 마케팅, 디자인에서도 같은 생각이다. 인간은 보통 자신의 삶을 하나의 서사 또는 어떤 이야기, 아니면 적어도 이야기의 모음으로 경험한다.[21]

스트로슨의 용어로 그것은 "심리적 서사성 이론"이다. 그에 따르면, 심리적 서사성은 자신의 경험뿐만 아니라 삶을 서사적 관점에서 바라볼 필요성을 느끼지 않는 다른 사람들의 경험까지도 왜곡한다. 스트로슨이 쓴 다른 논문의 제목을 인용하자면, "이야기가 있는 자아" 개념에 동의하지 않을 수 있다. 스트로슨은 심리적 서사성 이론이, 자신의 삶을 서사로 만드는 작업이, 각성한 인간성의 형성에 필수적이라고 주장하는 "윤리적 서사성 이론"과 연결되어 있다고 본다. 스트로슨은 그러한 시각을 가진 여러 철학자를 인용한다. 그중에서 찰스 테일러는 "우리 자신을 이해하는 기본적 조건은 **서사**를 통해 우리의 삶을 파악하는 것," 즉 "우리 삶을 하나의 전개되는 이야기로 이해하는 것"이라고 주장한다.[22] 알레스데어 매킨타이어는 "인간 삶의 통일성은 서사적 탐색의 통일성"[23]이라고 말한다. 그 밖에도 여러 철학자가 있다. 우리 문화에서 회고록과 "자전소설autofiction"이 확산되는 현상도 이런 주장에 부합한다.

여기서 제기된 문제는 복잡하다. 스트로슨은 다음과 같이 주장한다. "'서사'는 과거를 돌아보면서 만들어 볼 수 있는(그렇게 하고 싶다면) 어떤 것이다. 그러나 이때 서사를 정확하게 만들려는 기대를 버려야 한다. 또는 서사가 미래에 대한 입장을 좌우하도록 내버려 두지도 말아야 한다." 나도 이에 동의하지만, 문제는 그렇게 단순하지 않다. 스트로슨만큼이나 나 역시 인간이 삶의 의미를 알려고 한다고 생각한다. 그런데 그렇게 하려면 서사적 형식(즉, 시간에 따라 전개되는 무언가에 부과되는 형태)으로 우리의 삶을 질서화해야 한다. 키르케고르가 말하듯이, 살아온 삶을 고스란히 복기하는 데에 꼭 필요한 적절한 평정심을 인간은 절대로 얻을 수 없다. 그러한 관점은 인간에게 거부된다. 발터 벤야민에 따르면, 이것이 바로 우리가 소설을 읽는 이유다. 인간은 허구적 인물의 죽음 속에서 죽음과 더불어 다가오는 삶의 의미를 찾는다. 소설 속의 죽음은 "추위에 덜덜 떠는 우리의 삶"을 따뜻하게 하는 "불꽃"[24]이다.

현대 문화의 "자아" 개념은 정신분석 사상에 많은 빚을 졌고, 프로이트의 자아 이해도 (비록 단순한 의미에서 그런 것은 아니지만) 매우 서사적이라는 점을 생각해 보자. 심리치료에서 다루는 과거에 관한 서사는 사실과 허구의 혼합일 수 있는데, 중요한 것은 검증 가능성보다는 치료 결과다.[25] 피분석자는 자신이 누구인지에 대해 일관된 이야기를 할 수 있어야 한다. 그러나 서사를 개발하는 것은 그 자체로 하나의 목표가 아니라 자기 이해에 도달하기 위한 도구다. 자아를 자아 서사와 동일시하는 관점에 대한 스트로슨의 비판은 설득력이 있다. 그는 소설 《구토》에서 "자기 이야기를 피할 수 없지만, 그렇게 하면 비진실성(삶으로부터의 후퇴)에 매몰된

다"고 주장한 장 폴 사르트르에 동의한다.[26]

그런데 스트로슨은 여기서 "피할 수 없지만"이라는 양보절의 힘을 이해하고 있을까? 아무 생각 없이 살지 않으려면 자신에 관한 이야기를 자신에게 하는 것은 절대적으로 불가피해 보인다. 우리는 지금까지의 이야기를 바탕으로 우리 자신을 평가하고 미래를 계획한다. 우리의 삶을 서사적 형식으로 구상하는 것이 경험을 왜곡하고 진실이 아닌 잘못된 길로 인도할 수도 있다는 것은 맞지만, 그렇다고 해서 이야기하지 않고 살 수 있다는 말은 아니다.

서사의 확산, 그리고 서사가 모든 개인적 · 사회적 문제를 해결할 수 있다는 과장된 주장이 불편하게 느껴진다는 점을 고려할 때, 스트로슨의 입장에 동의해야 할 것 같기는 하다. 나는 극단적 서사주의, 특히 삶이 삶에 관한 이야기와 동일하다는 암묵적인 주장에 대한 스트로슨의 비판에 공감한다. 그러나 내가 보기에, 스트로슨은 서사주의적 입장 전체가 타당하지 않다고 주장한다기보다 삶을 구축하고 현실을 이해하는 데에 서사의 필연성과 불가피성을 지적한 것이다. 야콥슨이 말한 언어의 양극단이 시사하듯이, 서사가 유일한 도구가 될 수 없는 것과 마찬가지로 서사를 무시할 수도 없다. 서사를 거부하는 스트로슨의 입장은 논쟁적이고 그래서 나름의 쓸모가 있지만, 그것이 우리의 안식처가 될 수는 없다. 우리에게 필요한 것은 오히려 서사에 관한 주장을 분석적으로 설명하고, 서사가 무엇을 성취할 수 있고 성취할 수 없는지 명확하게 이해하는 것이다. 스트로슨의 비판을 넘어서려면, 서사가 어떻게 작동하는지 탐구할 수 있도록 좀 더 본격적인 분석 도구가 필요하다.

이 주제에 대한 결론에 다가가기 위해, 호르헤 루이스 보르헤스의 유명한 이야기 〈틀뢴, 우크바르, 오르비스 테르티우스〉를 살펴보자. 이 소설은 "거울과 백과사전의 결합"을 통해 창조된 상상의 세계를 다룬다. 이 세계는 현실 세계를 반영하기는 하지만, 극단적 이상주의의 맥락에서 그렇게 한다. 그로 인해 사실주의는 도리어 이국적이고 문제적인 것으로 보인다. 1940년에 출간된 이 단편소설에 붙인 보르헤스의 후기後記는 1947년으로 표시되어 있다. 이 글에서 보르헤스는 어떻게 파시즘의 부상이 리얼리즘을 파괴하는지, 세계를 전체주의적 시각에서 해석할 것을 명령하는 이데올로기가 어떻게 현실을 대체하는지 탁월한 예지력으로 설명한다.

여러 측면에서 현실은 거의 즉각적으로 굴복했다. 사실 현실은 굴복하기를 갈망했다. 10년 전, 변증법적 유물론, 반유대주의, 나치즘 등 질서와 비슷한 무언가를 갖춘 균형과 조화는 사람들의 마음을 사로잡기에 충분했다. 틀뢴에 복종하는 것 말고, 질서 정연한 행성의 상세하고 방대한 증거에 굴복하는 것 말고 무엇을 할 수 있을까? 현실 역시 질서 정연하다고 답하는 것은 부질없는 일이다. 현실이 그럴 수도 있으나, 신성한 법칙에 따라 그렇다. 번역하자면, 알 수 없는 비인간적인 법칙에 따라 그렇다는 말이다. 틀뢴은 분명 미로다. 다만 인간이 고안한 미로, 인간이 운명적으로 해독해야 할 미로다.

틀뢴과의 접촉, 틀뢴의 습관은 이 세계를 해체했다. 그 엄격함에 매료된 인류는 그것이 천사가 아닌 체스 고수들의 엄격함이라는 사실을 계속해서 잊어버리곤 한다.[27]

보르헤스가 말하는 것은 이야기가 신화가 될 때 일어나는 일이다. 즉, 허구로서의 이야기ficciones의 위치가 망각되고 세계를 실제로 설명하는 방편으로 여겨질 때, 이야기가 "만약as if"이라는 인위적 구성물이 아닌 다른 것으로, 어떤 믿음의 대상으로 받아들여질 때 일어나는 일이다.[28] 그렇게 신화가 된 허구를 바탕으로 우리는 신학을 세운다. 여기에는 정치 신학까지도 포함된다. 그러나 그처럼 무섭고 뼈아프게 여겨지는 결과가 없더라도, 우리는 모든 것이 이야기이며 최고의 이야기가 승리한다는 생각을 무기력하게 받아들인다. 보르헤스는 자신이 이야기의 거장이면서도, 모든 것을 다 포괄하려는 이야기에 대해 비판적인 태도를 견지해야 한다고 경고한다. 우리는 지배 이데올로기를 받아들이라고 유혹하는 이야기에 비판적·분석적 지성으로 맞서야 한다. 우리는 청자 또는 독자로서 수동적인 마취 반응에 저항해야 한다.

　보르헤스의 이야기는 또한 현재 미국 국민을 분열시키고 있는 역사 재현의 문제를 둘러싼 갈등을 상기시킨다. 역사를 쓰고, 가르치고, 시각적으로 표상하는 일은 이제 전쟁터가 되었다. 에놀라 게이Enola Gay(히로시마에 원자폭탄을 투하한 폭격기)를 스미소니언 박물관에 전시하려는 계획은, 역사 서술을 둘러싼 전형적인 대립을 촉발했다.[29] 최근 역사 교과서와 공공 기념물을 둘러싼 논쟁이 벌어져 미국 노예제의 영속적인 유산과 그 영향이 다시 한 번 국민적 관심사로 떠올랐다.《뉴욕타임스》기자 에즈라 클라인은 상황을 이렇게 요약한다. "독자들은 비판적 인종이론과 '1619 프로젝트'를 교육하는 문제를 둘러싼 싸움에 대해 많은 얘기를 들었을 것이다. 하지만 이러한 충돌 뒤에는 더 심각한 문제가 있다. 바로 미국에 관한 이야기를 둘러싼 싸움이다."[30] 맞는 말이다. 미국 역사에서 노예제도가 차지하는 위치를 다룬 심오한 학문적 담론, 비판적 인종이론, 신문 기사 등이 이처럼 정치적 논란과 분열을 일으킨 데에는 뭔가 더 큰 이유가 있을 것이다. "1619 프로젝트"(노예들이 버지니아에 처음 끌려온 시기에 맞추어 이름이 정해졌다)에 관한《뉴욕타임스》기사는 심각한 분열을 암시한다.

'1619 프로젝트'의 목표는, 1619년을 미국의 건국 연도로 보는 것이 어떤 의미인지 생각해 봄으로써 미국의 역사를 재구성하는 것이다. 그렇게 하기 위해서는, 노예제도의 결과와 아프리카계 미국인의 공헌을 미국인은 누구인가라는 이야기의 중심에 놓아야 한다.[31]

이것은 분열의 반대편에서 서술하는 역사이자 통상적인 이야기를 뒤집는 역사의 전복이다.

20여 년 전 버지니아대학교에 부임했을 때, 나는 논란이 된 역사 문제에서 파생된 다양한 이야기를 경험했다. 서류에 서명할 일이 있어서 샬러츠빌 시내의 한 법률사무소에 갔을 때, 코트 스퀘어 공원과 마켓 스퀘어 공원에 있는 로버트 E. 리 장군과 스톤월 잭슨 장군의 거대한 기마 동상과 조니 렙의 동상을 보고 나는 큰 충격을 받았다. 평생 북부 사람으로 살아온 나는 애초부터 "남부"로 직장을 옮긴 일에 대해 양가적인 감정을 느끼고 있었다. 게다가 반란군 지도자들을 기념하는 동상들을 보니 낯선 땅에 와 있는 듯한, 환영받지 못한다는 느낌이 들었다. 노예제도를 옹호한 사람들을 이처럼 노골적으로 찬양하는 동상을 보고 아프리카계 미국인들이 어떻게 생각했을지 짐작만 할 뿐이었다.

과거 남부연합 주들에 세워진 다른 동상들과 마찬가지로,

이 동상들은 20세기 초(1917년과 1919년)에 세워졌다. 이때는 《바람과 함께 사라지다》의 방식으로 이른바 "패배자"의 역사가 완전히 새로 쓰여진 시기였다. 이 역사에 따르면, 귀족적인 남부 농경사회는 천박한 북부의 압제자에 맞서 그들의 "가치"를 지키기 위해 용감하게 싸웠다. 2017년 여름, 이 동상들은 갑자기 전국적인 악명을 떨쳤다. 샬러츠빌의 동상 철거 결정에 반대하는 "우파여 단결하라Unite the Right" 집회가 열렸고, 샬러츠빌에 모인 백인우월주의자 및 기타 단체들은 격렬한 폭동을 일으켰다. 이는 노예제도의 역사에 대한 책임을 비롯해 평등 요구에 반대한 사람들을 두둔했던 트럼프 시대를 상징하는 사건이다.

2021년 7월 10일, 버지니아 대법원이 동상을 그대로 두라는 하급법원의 판결을 뒤집은 지 약 3개월 후, 인부들이 리와 잭슨의 동상을 받침대에서 분리해 평판 트럭에 실었다. 이 동상들은 전시에 적합한 곳을 찾을 때까지 창고에 보관하기로 했다. 아마도 공공 기념 장소가 아니라 동상이 어떻게 탄생했는지 설명해 주는 박물관에 보관될 것이다. 그 전해인 2020년 버지니아대학은 토머스 제퍼슨의 "학술마을"을 건설한 4천 명의 노예노동자들을 기리는 기념비를 완공했다. 이 원형의 화강암 기념비는 버지니아대학의 원형홀 Rotunda에서 약간 떨어진 움푹 파인 땅에 세워졌다. 이 기념

버지니아 노예 기념비

비는 마야 린이 디자인한 베트남 참전용사 기념관을 참조한 것이 분명한데, 그 주제나 형태상 한때 남부를 호령했던 남부연합 장군들의 영웅적 기마 동상(지금은 역사의 쓰레기통에 처박힌)에 대한 조용한 반격을 상징한다.

동상과 기념비는 역사적 서사를 시각적·촉각적으로 인상적인 순간에 담아낸 것으로, 돌과 청동을 재료 삼아 역사적 의미를 포착하고 완성하려는 시도다. 야콥슨의 용어로는 은유가 된 환유다. 기념비의 설치와 역사, 철거 요구와 반대, 탄압받고 잊혀진 사람들을 기리기 위한 저항적 기념비의 제안―오늘날 역사를 기념하는 공적 예술의 부침浮沈은 윌리엄 포크너의 표현처럼 과거는 죽은 것도 아니고 이미 지나 버린 일도 아니라는 확실한 증거를 보여 준다. 역사는 우리의 재해석에 따라 살아 숨 쉬며 그 형태를 바꾼다.

비단 미국의 일만이 아니다. 가령, 프랑스가 나치 점령군에 부역한 역사를 처리한 과정, 그리고 그러한 과거 이미지를 수정하는 작가와 영화제작자의 역할을 생각해 보라. 제국주의자 세실 로즈를 비롯하여 제국의 과거와 그 대표자들의 이야기를 조금씩 수정한 영국의 경우도 마찬가지다. 다만, 미국의 경험은 노예제도와 원주민 대량 학살로 특히 문제적이다. 미국 역사의 의미를 둘러싼 지속적인 논쟁은 가시적인 공공 영역을 통해, 그리고 이른바 기념비 이야기를 통해 벌어지고 있다. 이는 서사를 통제하는 것, 이 경우에는 하나의 국민이자 국가로서 우리가 누구인지에 대한 서사를 통제하는 것이 매우 중요하다는 추가적인 증거다. 역사 재현을 둘러싼 다툼은 우리가 말하는 이야기가 정체성과 자기 인식에 얼마나 중요한지를 분명히 보여 준다.

이 모든 것을 무슨 수로 해결할 것인가? 과연 해결될 수나 있을까? 만연한 서사주의가 문화를 장악한 상태다. 왜 그렇게 되었는지, 왜 다른 형태의 설명과 자기표현이 이야기에 완전히 밀려난 것처럼 보이는지 더 탐구할 필요가 있다. 그러나 추가적인 분석도 없이 내러티브의 오용과 무지성적 사용을 비판할 수는 없다. 나는 이야기의 과잉을 해결하는 유일한 방법은 프랑스 구조주의자들의 "서사학"을 경유하여 이야기를 분석적으로 연구하는 것이라고 생각한다. 여기에

서사학의 전문용어들을 동원할 생각은 전혀 없다. 서사학이 필요 이상으로 정교한 분석적 학문이 되어 버렸기 때문이다. 그러나 내러티브가 체계로, 수사학으로, 즉 설득의 수단으로 작동하는 방식에 주목함으로써 내러티브에 대한 욕망과 필요를 명징하게 사유할 수 있을 것이다.

　다음 글에서는 다양한 지식 분야에 걸쳐 다양한 종류의 스토리텔링에서 서사적 전환이 갖는 함의를 비판적 시각으로 살펴보고자 한다.

❷

서사의 인식론

: 또는, 이야기꾼은 어떻게 이야기를 알 수 있을까?

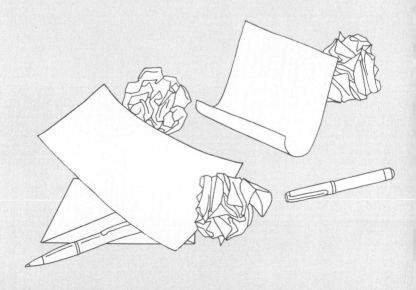

"인식론epistemology"은 거만하게 들린다. 그러나 내 의도는 단순하다. 이야기를 들려주는 사람은 자신이 무슨 이야기를 하고 있는지 어떻게 알 수 있을까? 일상적인 스토리텔링에서, 우리는 청자로서 들은 이야기에 의문을 제기할 수 있다. 그걸 어떻게 아나? 누가 말해 줬나? 확실한가? 친구 앨리스에게 들은 얘기는 전혀 다르던데 과연 누구를 믿어야 할까?

법정에서 말하는 이야기의 경우에는 직접 목격한 사람의 증언이어야 한다. 법은 다른 사람으로부터 전해 들은 이야기인 "전문傳聞증거"를 배척한다. 하지만 목격자의 말이라도 아무 생각 없이 신뢰한다는 것은 순진한 일이다. 최근의 사건이라도 기억이 왜곡될 수 있고, 목격자 또한 중대한 오류를 범할 수 있다. 우리가 들은 이야기를 믿으려면, 이야기하는 사람의 선의와 신뢰성을 확신할 수 있어야 한다. 그 사람은 우리를 설득해야 한다. 우리는 문학뿐만 아니라 삶에서도, 신뢰할 수 없는 화자unreliable narrator | 비평가 웨인 부스의 《소설의 수사학》에 나오는 용어로 인지능력이 현저히 낮은 화자, 다양한 이유로 상황을 잘못 알고 있는 화자, 고의적으로 정보를 왜곡하는 화자 등을 말한다 | 가 매력적이고 유혹적일 수 있으며 심지어 그들이 말하는 비진실도 어느 정도 가치를 가질 수 있음을 알고 있다. 그러나 우리는 신뢰할 만한 사람과 의심스러운 사람을 구별하려고 노력한다.

소설을 읽을 때 우리는 3인칭 객관 서술 또는 1인칭 화법에 가장 익숙하다. 이 스펙트럼에는 다양한 변주가 있다. 가령, 개성이 매우 뚜렷한 3인칭 화자, 반대로 겉보기에 중립적인 또는 보이지 않는 3인칭 화자, 인물과 세계의 모든 것을 아는 듯한 화자(이른바 "전지적" 화자), 또는 아는 것이 일부에 불과한 화자 등이 있다. 심지어 자신에게 또는 독자에게 말하는 2인칭 화자도 있다. 1인칭 화자는 단수 또는 복수, 똑똑하거나 멍청한 화자, 투명하거나 불투명한 화자, 정직한 화자 또는 거짓말쟁이일 수 있다.

소설은 타인의 생각을 들여다보는데, 그 방식은 수세기에 걸쳐 더 유동적으로 변화하는 경향을 보였다. 가령 편지와 같은 상대적으로 격식을 갖춘 글쓰기(청자나 독자에게 직접 이야기하는 방식)에서 등장인물들의 의식을 따라가는 심리적 서술 또는 서술된 독백으로 이동했다.[1] 우리가 어떤 사람의 마음을 속속들이 잘 알 수는 있어도 그 사람이 주변 사람들의 마음을 완전히 다 아는 경우는 별로 없다. 그 사람은 타인의 마음을 읽어야 하는, 때로는 아주 고된 작업을 수행해야 한다. 이는 또한 사회적 생존을 위해 사용하고 필요로 하는 기술이자 소설을 읽으면서 얻게 되는 즐거움이다.[2] 독심법이 간단하고 수월한 일이라면, 사태를 꿰뚫어 보는 독심법을 격찬하되 곳곳에 장애물을 배치하는 추리소설은 존재하지 않았을 것이다.

독자들은, 이야기꾼들이 독자가 그들의 이야기를 끝까지 듣고 지적으로나 감정적으로 그 이야기를 신뢰할 수 있도록 고안한 가장 실험적이고 섬세한 장치들을 다루는 방법을 배운다. 우리는 시점, 시간적 배열, 연속성에 발생하는 불일치를 합리화할 수 있다.[3] 그러나 삶을 사실적으로 표현하려는 열망이 강한 작품이라도 적어도 한 가지 건드리지 말아야 하는 금기가 있다. 바로 나 자신의 죽음이다.

"나는 죽었다"는 말은 인간에게는 불가능한 발화utterance다. 에드거 앨런 포는 소설 〈M. 발데마르 사건의 사실〉에서 이 한계를 다룬다. 이 소설에서, 방금 사망한 어떤 사람이 최면 실험으로 다시 살아나지만, "나는 죽은 사람이다"라는 믿기 어려운 말을 내뱉고는 급속하게 부패한다. 생각나는 다른 예들은 표준적 서술에서 벗어난 명백히 이례적인 것들이다. 앨리스 세볼드의 《아름다운 뼈The Lovely Bones》는 천국에 간 화자가 이야기하고, 윌리엄 포크너의 《내가 죽어 누워 있을 때》는 죽은 애디 번드렌에게 목소리를 주지만, 그녀가 말하는 것인지 아니면 여러 사람의 의식에 들어간 화자가 대신 말하는 것인지 분명하지 않다. 돈호법apostrophe이라는 오랜 시적 기법을 통해 죽은 사람이 말을 할 때도 있지만, 이는 시인이 그들에게 빌려 준 언어일 뿐이다.

그러나 폴라 호킨스의 2015년 베스트셀러 소설이자 영화

로도 제작된《기차를 탄 소녀》|한국어판 제목은 '걸 온 더 트레인'|는 주인공 한 명이 자신의 죽음을 이야기하는 불가능한 일을 해낸다.《기차를 탄 소녀》는 주로 알코올중독자 레이첼의 의식과 관찰에 초점을 맞춘다. 레이첼은 통근열차 창밖으로 톰(지금은 애나와 결혼한)과 함께 살았던 런던 근처 위트니의 집을 바라본다. 근처 스콧과 메건의 집도 보인다. 메건은 나중에 갑자기 사라지는데, 지금은 집 뒤편에 치료사 카말과 같이 있다. 아마도 앨프레드 히치콕의 영화 〈이창〉을 참조했을 이 작품은 약간은 추리소설 같다. 레이첼은 기차 창문을 통해 바라보는 제한된 시점을 바탕으로 아직도 그녀가 애정을 느끼는 톰을 비롯한 다른 인물들에게 무슨 일이 일어나는지 알아내려 한다. 그녀는 위트니에 가서 톰과 애나의 집, 스콧의 집, 카말의 사무실에 불쑥 나타난다. 어느 날 저녁, 술에 취해 비틀거리다가 철도 밑 통로에서 무언가를 목격한다. 술에 취해 흐려졌던 기억이 다시 선명해져 과거를 떠올릴 수 있게 되었을 때, 레이첼은 톰이 임신한 메건을 죽였다는 사실을 알게 되고, 이를 통해 메건의 실종 사건을 해결하게 된다. 소설은 주인공 레이첼, 애나, 메건이 각자의 시점으로 사건을 이야기하는 여러 개의 장으로 구성된다.

메건의 마지막 장은 그녀가 톰에게 살해당하는 장면을 묘사한다.

그가 나한테 온다. 손에 뭔가 쥐고 있다.

넘어졌다. 미끄러졌나 보다. 머리에 뭔가 맞았다. 아픈 것 같다. 온통 빨간색이다. 못 일어날 것 같다.

하나는 슬픔, 둘이면 기쁨, 셋은 소녀 …. | 까치에 관한 영국의 동요로 하나부터 일곱까지 센다. 홀수는 불운을, 짝수는 행운을 의미 | 그래, 셋은 소녀. 셋에 걸렸다. 그 이상은 못 셀 것 같다. 머리는 소리로 가득, 입은 피로 가득. 셋은 소녀. 까치 소리가 들린다. 까치들이 웃는다, 조롱한다, 저 시끄러운 짹짹 소리. 소식, 나쁜 소식이다. 이제 보인다, 햇빛 때문에 검은 것이 보인다. 다른 것도. 누군가 오고 있다. 누군가 말을 한다. **자 한번 봐, 네가 나한테 뭘 하게 만들었는지 한번 보라고.**[4]

이것은 죽음에 대한 그럴듯한 상상일 수도 있고 아닐 수도 있다. 사고를 당한 후 느끼는 감정과 비슷하다. 그러나 전달된 발화로서는 불가능하다. 이는 이 소설이 설정한 시점의 규칙(부분적이고 제한된 시각)과 이른바 소설적 증거라는 더 큰 규칙을 위반하는 것이다. 서사학자 슐로미스 리먼 케넌은 "외적 초점자external focalizer"는 (소위 전지적 화자처럼) 이론적으로 소설 내 세계의 모든 것을 알지만, "내적 초점자의 지식은 … 그 정의상 제한적"이라고 지적한다. "내적 초점자는 재현된 세계의 일부이기 때문에 모든 것을 다 알 수는 없다."[5] 이 내적 독백을 전달할 사람이 거기 누가 있을까? 어떻게 기록되었나? 《기차를 탄 소녀》의 다른 서사적 사례는 합리화되고 정당화되지만, 이것만은 불가능의 세계에 있다.[6]

톨스토이의 《이반 일리치의 죽음》과 비교해 보라. 삶의 고통스러운 최후를 기록한 이 소설은 죽어 가는 사람의 마지막 감각과 생각을 기록하고 있다.

"이제 끝났다!" 누군가 말했다.

그 말을 들은 이반의 영혼은 그 말을 반복한다. "죽음은 끝났어"라고 그는 속으로 되뇌었다. "죽음은 더 이상 존재하지 않아."

그는 숨을 들이마시고 멈췄다가 몸을 주욱 뻗고 죽었다.[7]

톨스토이가 죽어 가는 이반 일리치의 생각을 잘 아는 이유는 서사적으로 전지적 관점을 취하기 때문이다. 그는 제한된 관점을 취하는 척하지 않고 오히려 모든 것을 아는 신과 같은 존재로 스스로를 드러낸다. 또 다른 고전적인 예는, 플로베르의 소설 《순박한 마음》의 마지막 부분에 나오는 장면이다. 하인 펠리시테는 삶을 마치고 죽음의 문턱을 넘으며 박제된 앵무새를 성령과 혼동한다.

펠리시테의 방에 담청색 향이 피어올랐다. 그녀는 코를 열고

관능적이고 신비로운 향기를 들이마신 다음 눈을 감았다. 입술에는 미소가 감돌았다. 심장의 움직임은 분수가 잦아들 듯 메아리가 사라지듯 조금씩 느려졌고, 그때마다 더 불확실하고 더 부드러워졌다. 마지막 숨을 내쉴 때, 그녀는 하늘이 열리고 거대한 앵무새가 날아오르는 것을 보았다고 생각했다.[8]

플로베르의 화자는 대담하게도 우리를 삶과 죽음의 문턱으로 인도한다. 그러나 당연히 이 마지막 순간을 보고하는 것은 펠리시테가 아니라 화자다. 불완전하고 제한된 시각으로 세상을 바라보는 다양한 의식을 통해 플롯을 전개하는 스릴러에서, 하나의 의식만을 통해 절정의 순간을 이야기하는 것은 완전히 다른 문제다. 그러한 마음은 존재하지 않으며 그녀의 목소리는 침묵에 묻혔다. 이치에 맞지 않는다.

내가 폴라 호킨스의 소설에 기분이 언짢은 것은 무엇 때문일까? 또 다른 최근 소설인 에밀리 세인트존 맨델의《글래스 호텔》(2020)은 여주인공이 익사로 죽는 장면을 1인칭으로 묘사하는데, 이 정도는 괜찮다고 생각한다. 빈센트(이 소설에서는 여성)의 죽음은 죽어 가는 사람, 특히 익사하는 사람이 자신의 과거를 순간적으로 한꺼번에 본다는 일반적인 통념을 생각나게 한다. 그 장면은 현실을 충실하게 표상해야 한다거나 시점의 규칙을 지켜야 한다는 요구로부터 자유로운, 일종의 몽환적 기록이다. 마술적 리얼리즘의 영역에 들어가면 모든 것이 자유로워진다. 하지만《기차를 탄 소녀》는 추리소설과 심리 스릴러 전통에 위치한다. 기차가 속도를 늦추다 위트니에 정차할 때 창밖을 본다는 소설의 전제를 떠올려 보라. 제임스 우드는 사실주의를 "소설의 중심 언어"라고 선언한다. 이 언어가 소설을 탄생시켰고, 여전히 독자가 기대하는 지배적 소설 관습이다.[9] 우리는 소설이 시간과 공간, 중력의 범위 내에서 삶의 관습에 부합할 것으로 기대하면서 소설을 읽는다. 소설은 소설만의 규칙을 정할 자유가 있지만 독자에게 그러한 규칙을 알려야 한다. 히치콕 방식의 스릴러라면, 익히 잘 알려져 있는 그 규칙을 함부로 위반해서는 안 된다.

내 지적이 중요한가? 물론 메건이 직접 전한 자신의 죽음은《기차를 탄 소녀》의 인기에 타격을 주지 않았다. 그러나 서사적 시점과 전달의 위반은 앎의 행위와 서사와 관련하여 더 큰 문제를 시사한다. 화자가 전하는 이야기가 어디에서 비롯되었는가는 전통적으로 꽤 오래된 고민이었다. 특히 내밀한 개인적 감정 문제가 그렇다. 발생 초기부터 소설은 의도의 순수함을 내세움으로써 독자의 인정을 받으려 했다. 이때, 이야기가 어떻게 알려지고 전달되는가는 매우 중요한 문제였다. 가령, 1669년에 출간된《포르투갈 수녀의 편지》

를 예로 들어 보자. 이 책의 서두에는 누가 썼는지 모르는 "독자에게 보내는 짧은 글"이 있다. "각고의 노력 끝에 나는 포르투갈에서 복무 중이던 어느 귀족에게 보내는 다섯 통의 포르투갈어 편지 사본을 정확하게 복원할 수 있었다."[10] 이 글은 이후 3세기 동안 애인에게 버림받은 수녀의 가슴 아픈 편지가 진짜라는 확신을 독자들에게 심어 주었다. 이 편지의 저자가 가브리엘 드 기유라그라는 사실은 1950년경에야 밝혀졌다.

기유라그의 글을 편집한 20세기 편집자가 말하듯, "대중은 속임당할 것을 요구한다." 즉, 이야기가 "진짜"로 믿어지도록 속이라는 말이다.[11] 독자들은 소설 내용이 "실화"라고 착각하고 싶어 하는 소망을 드러낸다. 마치 새뮤얼 리처드슨을 찬양하던 드니 디드로가 오래된 성城을 구입하는 꿈을 꿀 때처럼 말이다. 꿈에서 디드로는 이 방 저 방 돌아다니다 오래된 상자를 발견하는데, 상자를 열어 마구 뒤적이다가 클라리사와 파멜라의 편지를 발견한다.[12] 편지를 몇 통 읽고 디드로는 편지들을 날짜별로 정리해야겠다는 생각이 강하게 드는데, 중간에 빠진 것을 발견하면 괴로워한다. 디드로는 순진한 독자가 아니었다. 여기서 그가 설명하는 것은, 그가 소설적 환상을 원한다는 것이다.

작자 미상의 《라사리요 데 토르메스》(1554)나 대니얼 디포의《로빈슨 크루소》(1719) 같은 유럽 전통의 초기 소설을 살펴보면, 그 주제와 플롯이 인식론적 요소와 깊이 연관되어 있음을 알 수 있다. 이 소설들은 앎의 문제를 깊이 사유한다. 앎이 단순한 생존의 방편인 경우에도 그렇다. 이 작품들은 경험적 실험과 학습의 세계를 특징적으로 보여 준다. 라사로는 땡전 한 푼 없이 거친 세상에서 살아남는 법을 배워야 한다. 라사로는 눈먼 거지의 자식으로 태어나 먹을 것과 마실 것을 구하고 돈도 벌어 보겠다며 속임수를 배운다. 주인의 와인 단지에 빨대를 몰래 집어넣거나 입속에 동전을 숨기는 식이다. 속임수가 발각되면 신속하고 고통스러운 보복이 뒤따르지만, 이를 통해 발각되지 않는 방법, 상황을 반전시키는 방법을 배운다. 반면에 로빈슨은 창의력을 발휘해 악조건을 헤쳐 나가며 문명의 기본 요소들을 스스로 만들어 낸 표류자로서 오랜 세월 지혜를 발휘해 야생에서 생존하는 학습의 패러다임으로 여겨져 왔다. 어떻게든 살아남아 잘 살아갈 수 있도록 신호를 알아내는 방법은 소설 후반부에서 모래사장에 찍힌 수수께끼 같은 발자국으로 대표되는데, 이를 통해 로빈슨 크루소는 식인종을 찾아내고 프라이데이를 구출하여 마침내 섬에서 탈출하게 된다. 여기서 이미 셜록 홈스의 조짐이 보인다.

　내적 경험을 묘사한 현대소설의 시초인《클라리사》를 살

펴보면, 우리는 새뮤얼 리처드슨이 허구와 환상의 문제를 풀어 보려 했다는 것을 알게 된다. 《클라리사》의 서문을 쓴 워버튼 주교에게 리처드슨은 다음과 같은 편지를 보낸다.

존경하는 주교님. 편지가 진짜라고 여겨지기를 원하지는 않지만, 진짜라는 느낌이 계속 유지되기를 바란다고 감히 말씀 드려도 될까요? 서문에서부터 편지가 진짜가 아닌 것으로 인정되지 않을 정도로만이라도 진정성이 유지되었으면 좋겠다는 말씀입니다. 모범을 되기를 자처하는 편지가 진짜가 아님이 밝혀진다면 그 영향력이 약해질까 염려되기도 하고, 일반적으로 독자들은 소설이 허구임을 알면서도 어떤 역사적 믿음을 가지고 읽는 까닭에 그 믿음을 훼손하지 않기 위해서입니다.[13]

리처드슨의 다소 모순적인 문장은 소설을 읽을 때 독자가 갖는 자발적인 불신의 유예willing suspension of disbelief | 영국의 낭만주의 시인 새무얼 테일러 콜리지의 유명한 용어. 콜리지는 시를 읽을 때 그 안에 담긴 비현실성·비개연성을 비판하지 말고 읽어야 한다고 주장한다 | 라는 태도를 잘 포착한다. 여기서 불신의 유예는 반드시 순진함이나 어리석음 때문만은 아니다. 그렇게 하는 것이 소설을 읽는 지적·정서적 즐거움의 일부이기 때문이다. 소설이 허구임을 알면서도 우리는 그것이 보여 주는 현실의 모방에 복종해야 한다. 그리고 그

모방이 제대로 작동하려면, 적극적으로 그 게임에 참여해야 한다. 서문을 쓰는 사람이라도 규칙은 지켜야 한다.

수많은 18세기 소설들은 디드로가 리처드슨을 읽으며 상상했던 편지로 가득 찬 상자라는 상황처럼, "진짜" 출처를 주장하기 위해 상당한 공을 들였다.《유명한 몰 플랜더스의 운명과 불행》(1722)의 저자 서문에서, 디포는 자신의 작가적 역할은 고작해야 점잖은 독자보다는 뉴게이트 감옥에 어울리는 몰의 언어를 순화하는 정도였다고 주장한다. "그녀의 이야기를 다듬고 현재 상태로 만드는 데에 사용된 펜은, 그 이야기에 알맞은 옷을 입히고 읽기에 적합한 언어를 만드는 데에도 적지 않은 어려움을 겪었다."[14] 그러나 이야기 자체는 몰의 이야기다(독자가 그렇게 믿고 싶다면).

《마농 레스코》(《세상을 등진 어느 귀족의 회고록》의 마지막 권)로 가장 잘 알려져 있지만 다수의 작품을 쓴 아베 프레보는, 화자가 독자에게 전달한 정보를 어떻게 얻었는지를 항상 공들여 밝혔다. 프레보의 작품에서 작가는 발견한 원고를 번역하거나 구전되는 이야기를 필사하거나 아니면 자료의 단순한 "편집자"로 제시된다. 마리보의 미완성 장편소설 《마리안의 생애》역시 마리안이라는 여성이 기록한 1인칭 시점의 원고를 어떻게 "편집자"가 입수했는지부터 밝히면서 이야기를 시작한다. 루소는 서간체소설《신 엘로이즈》의 대화체 서문에서 자신이 출판한 편지의 진위 여부를 밝히지 않겠노라고 단호하게 말하는데, 실제로 독자들이 작가에게 보낸 편지들을 보면 많은 독자들이 여주인공 쥘리와 그 연인인 생프뢰를 실존 인물로 믿고 만나려 했음을 알 수 있다. 소설을 진짜로 여긴 것이다.

사실, 앎과 서술의 문제를 가장 자의식적으로 다룬 소설가는 드니 디드로다. 그는 소설《수녀》에서 정교한 사실적 허구를 만들어 친구인 크루아마르 후작을 속인다. 디드로는 소설의 중심인물인 수잔 수녀가 실존 인물이며, 그녀가 원하지 않는 수녀직을 포기하고 수녀원의 박해를 피하기 위해 외부의 도움이 필요한 것처럼 꾸몄다. 이처럼 속임수로 시작한 이야기는 나중에 진실성을 주장하는 소설이 되었다. 그 후 디드로는《운명론자 자크와 그의 주인》(로렌스 스턴의 《트리스트럼 샌디》와 유사하지만 더 급진적인)을 통해 소설의 허구성과 작가의 자의적인 역할에 끊임없이 의문을 제기한다. 집사 자크는 삶의 이야기가 하늘에 펼쳐진 '큰 두루마리'의 한 치의 착오도 없는 각본에 따라 진행된다고 믿는다. 그의 주인은 그런 관점이 자의적이라며 자크를 놀린다. 제목의 운명론은 소설 형식 자체의 운명론이다.

지금까지의 사례들은 주로 프랑스소설이었다. 18세기 프랑스 소설가들은 서사의 인식론적 문제에 관심이 많았다.

데카르트의 유산이기도 했지만, 당시 소설에 가해진 자의적이고 때로 엄격한 검열이 소설가들에게 자신이 자기 작품의 저자가 아니라고 주장할 동기를 부여했기 때문이다.[15] 검열을 피할 목적으로 자신의 흔적을 감추거나, 장난스럽게 진실과 거짓의 문제에 강력한 모호성을 주입하는 정교한 게임을 벌이기도 했다. 가장 좋은 예가 피에르 쇼데를로 드 라클로의 《위험한 관계》이다.

이 서간체소설의 서문에서 편집자는 편지들을 어떻게 입수하고 주문했는지, 서로 다른 편지들의 문체를 개선하고 통일하는 편집 작업을 어떻게 자제했는지(한편으로는 자유자재로 편지를 쓸 수 있는 저자의 기술을 강조하면서) 설명한다. 그러나 이 장문의 서문은 편지의 신빙성을 의심할 이유가 있고, 소설 내용이 단지 소설에 불과할 수 있다고 의심하는 출판사의 공지로 반박당한다. 그 이유는, 책에 나타난 관습이 너무 형편없어서 모든 남성이 정직하며 모든 여성이 겸손하고 고결한 계몽주의 시대의 관습이라고는 도무지 생각할 수 없기 때문이다. 출판사는 작가가 다른 시간과 장소에 속하는 자료를 현재의 프랑스로 옮겼으며, 그 과정에서 작가의 이야기가 사실성을 완전히 잃어버렸다고 단언한다. 실제로 라클로의 아이러니는 다양한 방향으로 전개되면서 사실과 허구의 구분을 철저히 뒤흔든다.

다음 세기 초, 우리는 벵자맹 콩스탕의 자전적 연애소설 《아돌프》(1816)에서 정교한 구조를 발견한다. 첫 번째 화자는 홍수로 도로 통행이 불가능해지자 할 수 없이 여관에 머물게 되는데, 그곳에서 지루하고 괴로운 표정의 한 남자를 만난다. 이 남자는 통행이 재개되자 친구에게 보낼 원고가 담긴 작은 상자를 여관에 남겨 두고 떠난다. 화자는 작가와 같은 마을에 사는 친구에게 이 원고를 보낸다. 원고를 읽은 친구는 인생을 제대로 살지 않으면 어떻게 되는지를 보여주는 반면교사의 예로 출판을 결심한다.

　거의 같은 시기, 메리 셸리의 《프랑켄슈타인》(1818)은 과학의 과도한 한계 확장과 괴물 창조에 관한 이야기를 극지방 탐험가 로버트 월튼과 그의 여동생 새빌 부인이 주고받는 편지 형식으로 구성한다. 편지에는 괴물을 목격한 월튼이 표류하는 얼음덩이들을 가로질러 괴물의 창조자 빅터 프랑켄슈타인을 만나는 과정이 기록되어 있다. 《아돌프》의 경우와 마찬가지로, 입수한 과정을 기록한 자료에는 다음과 같은 내용에 적혀 있다. "나는 독자들과 마찬가지로 이 자료를 받는 사람에 불과하다. 이 이야기가 아무리 이상하게 보인다 해도 나는 아무것도 날조하지 않았다." 이는 책에 실린 이야기(빅터의 서사는 괴물의 이야기를 포함하므로 《프랑켄슈타인》의 이야기는 두 개 이상이다)의 진실성을 입증하기 위해서다.

그로부터 수십 년이 지난 1835년, 오노레 드 발자크는《고리오 영감》의 첫 페이지에서 "모든 것이 진실All is true"이라고 선언한다. 이 문구는 원작에 영어로 쓰여 있다. 발자크가 관람했던 같은 제목의 셰익스피어 공연을 기념하고, 영국소설에 대한 경의를 표하기 위함이다. 물론 이 경우, 독자가 이 속임수를 곧이곧대로 받아들여야 할 의무는 없다. 이 모든 "부가적paratextual" 자료는 허구의 세계로 진입하는 신호일 수 있으며, 독자에게 독서에 몰입할 것을 촉구하는 수단일 수 있다.[16]

《기차를 탄 소녀》에서 자신의 죽음을 이야기한 메건의 내러티브는 19세기의 가장 문제적인 서사적 사례인 빅토르 위고의《사형수 최후의 날》(1829)을 떠올리게 한다. 단두대에서 사형선고를 받은 죄수의 마지막 하루를 1인칭으로 서술하는 과제에 도전한 소설이다. 소설 전반에 걸쳐 위고는 상당한 공을 들여 죄수의 서술에 동기를 부여한다. 죄수는 자신의 마지막 생각을 일기로 적으면서 소멸 직전의 느낌, 즉 최후의 시간이 끝나면 더 이상 "나"라고 말할 수 없게 될 것을 아는 "나"를 자의식적으로 성찰한다. 일기의 대부분은 감방에서 쓰여진다. 오후에 단두대가 위치한 호텔 드 빌로 이송될 때, 그는 간수에게 수갑을 풀고 종이와 잉크를 가져다

달라고 부탁한다. 그리고 수갑에 묶여 얼얼하게 마비되었던 손으로 마지막 생각을 기록한다. 간수가 그런 요청을 들어줬을 가능성은 희박하지만, 독자는 적어도 여기서 서사적 보고의 출처를 설명하고 정당화하려는 위고의 의도를 확인한다. 사형수가 마지막 문장 "4시가 되었다"를 대문자로 쓰는 순간, 소설은 끝을 맺는다. 사형 집행의 순간이 다가온 것이다. 그래서 더 이상 할 말이 없었을 것이다.

위고는 사형수의 마음속에 들어가 곧 사형 집행을 당하게 될(문자 그대로, 생각하고 말하는 신체 일부가 몸에서 잘려 나가게 될) 한 남자의 괴로운 마음을 표현하고자 했다. 이는 매우 효과적이다. 사형제도를 반대하는 작가의 주장을 더 강력하게 뒷받침한다. 그럼에도 불구하고, 독자들은 죄수가 단두대로 끌려가기 직전에 쓴 마지막 페이지의 작위성을 받아들이기 어려울 수 있다. 그러나 나는 위고가 처형장에서까지 그가 사용한 1인칭 화법을 정당화할 필요성을 첨예하게 인식했다는 점, 그리고 폴라 호킨스와 달리 칼날이 목에 떨어지기 직전까지 죄수의 생각을 묘사하지는 않았다는 점이 흥미롭다. 만약 그렇게 했다면(메건이 죽는 장면에서처럼) 우스꽝스럽게 보였을 것이다. 그것이 우스꽝스럽게 보이지 않는다면, 우리가 지금 읽고 있는 이야기를 어떤 방식으로 알게 되었는지에 대한 관심을 포기했기 때문이다. 가짜 뉴스와 페이스북, 다크 웹에서 생성된 밈의 시대에는 그런 일은 충분히 가능하다.

19세기 전반에 걸쳐, 소설가들은 화자와 등장인물이 알고 있는 지식의 출처를 정당화할 생각을 별로 하지 않았던 것이 사실이다. 이전 세기 소설이 스스로 소설(또는 로맨스)임을 부인하고 경험적 진실에 충실하다고 주장함으로써 소설의 정당성을 입증하려 했다면, 소설 장르는 이제 그러한 불안감에서 벗어나 확고하게 자리를 잡은 셈이다. 오스틴, 디킨스, 발자크, 엘리엇, 톨스토이, 플로베르는 서문에서 출처를 정당화할 필요 없이 이야기 속으로 곧바로 뛰어드는 것이 최선이라고 여겼다. 그리고 예외가 많지만, 그들의 소설은 이른바 전지적 화법 쪽으로 기우는 모양새다.

물론, '전지적'이라는 포괄적인 용어는 화자가 아는 것과 모르는 것, 드러내는 것과 숨기는 것, 이야기 안에 작동하는 모든 의식들을 이해하는 정도 등에 담겨 있는 다양한 변주들을 제대로 포착하지 못한다. 예를 들어, 스탕달의 소설 《적과 흑》의 화자는 모든 등장인물의 내면(심지어 등장인물 자신도 잘 모르는)을 잘 아는 것처럼 보이지만, 때로 주인공 쥘리앵 소렐의 마음과 행동을 이해하지 못하겠다고 인정한다. 그래서 예측하기 어려운 주인공의 행동을 비난하기도 하고 찬사를 보내기도 한다.

19세기가 지나면서 소설은 인물의 생각을 따라가는 심리적 서술, 더 급진적으로는 독백으로 서술이 진행되는 자유간접화법(서술이 뚜렷한 표식 없이 인물의 의식에 들어가 마치 그 자체가 서사인 것처럼 진행되는 화법)을 통해 인물의 의식에 깊숙이 들어가는 경향을 보인다. 플로베르에서 제임스 조이스, 버지니아 울프에 이르기까지 이 경향은 더욱 짙어진다. 뉴욕판 서문에서 자신의 소설을 비판적으로 성찰한 헨리 제임스에 이르러, 우리는 소설 장르 역사상 처음으로 시점, 시각의 한계, 서사적 의식의 이해에 대한 본격적인 논평을 갖게 된다. 서사적 인식론을 고민한다는 점에서 20세기는 18세기와 닮았다.

대안 세계와 그 안에 거주하는 상상의 존재를 창조하는 작업을 모두 일종의 술책으로 간주한다면, 소설을 창작할 때 사용하는 속임수는 용인될 수 있다. 그러나 독자가 무식하고 무지한 존재로 취급받는다는 것을 분명히 알 수 있게 속임수를 쓰는 것은 놀림당하기를 바라는 독자를 상대하는 것이 아니라면 해서는 안 될 일이다. 이러한 맥락에서 모르긴 몰라도 규칙에 가장 엄격한 서사 장르인 추리소설을 살펴보자. 추리소설의 창작은 소네트를 쓰는 것에 비견될 수 있다. 규칙을 지키지 못하면 소네트가 아닌 것이다. 물론 추리소설은 소네트보다 규칙이 상당히 느슨하다. 그러나, 단서를 찾아 돌아다니며 풀리지 않는 수수께끼(범죄)를 해결하는 과정에 독자의 흥미를 끌어당기지 못한다면 추리소설이라는 이름은 어울리지 않을 것이다.

아서 코난 도일의 셜록 홈스 시리즈는 추리소설 장르를 읽는 독자의 기대 수준을 정립하는 데에 가장 크게 기여했다. 이 시리즈의 정석은 탐정이 왓슨이나 우둔한 경감(탐정이 추리 내용을 보고하는 상대)과 함께 범죄 현장을 살펴보는 것이다. 탐정은 범인의 발자취를 따라가고, 독자는 탐정의 발자취를 따라간다. 가장 직접적인 예가 〈머스그레이브 집안의 전례문 사건〉이다. 여기서 홈스는 머스그레이브가의 자손들이 성인이 될 때 낭독하는 해독하기 어려운 문서를 보물 지도의 설명서로 이해한다. 그래서 머스그레이브가의 영지인 헐스톤의 제의ritual에 숨겨진 단서를 따라가다가 범인인 집사 브런튼이 이전에 표시해 둔 길을 자신이 걷고 있다는 증거를 발견한다. 탐정은 브런튼이 걸었던 길을 따라 걸어갔고 이를 통해 해결책을 찾는다.[17]

〈해군 조약문〉에서 홈스는 모든 것을 밝히면서 "내가 처음에 무엇을 했는지, 그리고 나중에 어떻게 하게 되었는지 말해 보겠다"[18]고 말한다. 이 대사는 고전적인 추리소설이 어떻게 전개되는지를 상징적으로 보여 준다. 게임이 공정하게 진행되는 경우, 이야기는 우리에게 모든 사실을 제시하고,

탐정은 그중에서 진짜 단서를 골라내어 서사에 연결함으로써 해결책을 만들어 낸다. 독자들은 종종 자신이 직접 추리를 할 수 없다고 불평한다. 즉, 잃어버린 연결 고리, 탐정이 관찰한 내용 가운데 제대로 알려지지 않은 내용이 있다고 말한다. 일부 독자들은 추리소설을 거꾸로 읽는다. 문제해결을 기점으로 줄거리를 읽음으로써 모든 단서가 독자에게 제공되었는지를 확인하는 것이다. 필수 정보를 빠뜨린 작가는 장르를 망쳤다고 본다. 하지만 우리가 추리소설을 통해 진정으로 추구하는 것은, 마음대로 되지 않는 현실을 솜씨 있게 다루는 지적 사고력을 통해 해결책을 발견하는 것이다. 그럼으로써 우리는 물질에 대한 정신의 승리를 주장하고, 범죄로 대표되는 명백한 혼돈으로부터 질서를 되찾는다. 중요한 것은 독자 자신이 게임의 일부라고 느끼는 것, 독자 자신이 셜록 홈스처럼 뛰어난 관찰력과 예리한 지성을 발휘하여 문제를 해결할 수도 있겠다고 느끼는 것이다.《기차를 탄 소녀》와 같은 책은 공정한 게임을 하지 않는다(나는 이 소설을 주로 비판하고 있지만, 분명 다른 예도 있을 것이다).

그 한계와 관습, 특히 세계를 표현하는 일정한 규칙을 가진 추리소설은 헨리 제임스의 서문에서 논의된 관점과 앎의 복잡한 문제로 우리를 이끈다. 사실 제임스는 소설 쓰기를 촉발한 최초의 "착상着想"에서부터 개요를 짜고 창작에 착

수하기까지의 발전 과정을 추적하면서, 출간된 소설의 토대를 다시 검토하는 일종의 탐정 역할을 자처한다. 본인의 작품에 관한 한, 제임스는 가장 신뢰할 수 있는 독자는 아니다. 소설에 대한 그의 주장은 소설을 읽는 독자의 경험과 항상 일치하지는 않는다. 가령, 롤런드 말릿의 의식만이 《로드릭 허드슨》 | 헨리 제임스의 1875년작 | 의 핵심이라는 주장은 잘못된 것이다. 헨리 제임스는 《황금잔》 1권을 아메리고 왕자의 의식에만 할당하고, 2권은 매기 버버 공주에게만 할당함으로써 애싱엄 대령과 패니 애싱엄을 깡그리 무시한다. 그런데 이 둘의 논평이야말로 독자에게 중요한 과거 사건을 제시하고, 더 나아가 현재를 해석하고 미래를 구축한다.

본인의 서사 전략을 깔끔하게 정리하고 싶은 충동을 느낀 헨리 제임스는 탐정의 정신으로 소설을 다시 읽는다. 《황금잔》의 서문에서 그는 다시 한 번, 이번에는 강력하게 말한다. "어느 정도 거리를 두는 사람, 세밀한 관심을 기울이고 상당히 똑똑하지만 완전히 관여하지는 않는 증인이나 기자, 주로 사건에 대한 비판과 해석을 제공하는 사람—이런 사람들의 기회와 분별력을 통해 주제를 다루고 이야기를 관찰하는 것을 나는 선호한다."

제임스는 자신의 작품을 검토하면서 그가 제공하는 것이 "당면한 사건에 대한 객관적 설명"이 아니라 "그 사건을 관찰하는 누군가의 주장에 대한 설명," 그리고 "그 사람이 그 사건을 바라보고 평가하는 조건들이 매우 미세한 방식으로 이해관계의 강화에 기여"하는 양상임을 반복적으로 지적한다. 여기서 시점의 문제는 관찰자가 이야기를 알게 된 경위, 그가 그 이야기를 어떻게 생각하는지의 문제도 포함한다는 제임스의 지적은 매우 중요하다. 제임스가 보기에, 이야기에 접근하고 이를 전달하는 방식은 본질적으로 주제에 대한 극적인 관심을 증폭시킨다. "요컨대, 지금 생각해 보면, 그 무엇이든 무책임한 '저자'의 위장된 위엄보다는 항상 더 낫다. 표현의 과정과 효과(바로 이것이 내가 아무리 억누르려 해도 억누를 수 없는 나의 이상이다)를 위해서 말이다."[19]

당혹스럽지만 핵심적인 문구다. "저자"가 왜 무책임하다는 것일까? 여기서 제임스의 비난은 미학적이면서 윤리적이다. 시점의 문제를 이야기와 개인적인 관계를 맺고 있는 사람으로 제한하면 이야기뿐만 아니라 이야기의 이야기를 얻게 되고 그럼으로써 소설은 더 흥미진진한 효과를 얻지만, 저자(전통적인 전지적 화자)를 사용하게 되면 그러한 효과는 제거된다. 더욱이 전지적 화자의 사용은 일종의 정신적 게으름을 나타낸다. 도덕적 세계의 복잡함을 보여 주어야 하는 소설가의 막중한 임무를 제대로 수행하지 못했음을 보여 주기 때문이다.

이는 물론 특이한 주장이다. 전통적인 전지적 화법을 잘 소화하는 소설가들도 많기 때문이다. 그러나 헨리 제임스는 기준을 제시하고 새로운 문제를 제기한 것이며, 후대의 작가들은 그 도전에 응답한다. 몇 가지 예를 꼽아 보자면, 조이스의 《율리시스》와 울프의 《파도》에 나타난 다중적 시점, 포크너의 《소리와 분노》와 《압살롬, 압살롬!》에 드러난 극단적인 서사적 파편, 존 르 카레의 《추운 나라에서 돌아온 스파이》에 쓰인 다층적이고 더욱 복잡한 플롯의 조작을 들 수 있다. 이 소설가들은 이야기가 어떻게 그 이야기와 관련된 사람들(또는 이야기의 전달 문제에 생사가 걸린 사람들)에 의해 알려지고 전달되고 재전달되는지에 주목함으로써 어떤 결과가 빚어지는지를 보여 준다. 제임스는 이야기 행위(서사를 듣고 그 의미를 파악하는 행위까지 포함하여) 자체를 서사적 허구의 핵심 드라마로 만든다.

제임스의 기준과 도전을 실행에 옮기는 올바른 방법은 없다. 그러나 제임스는 독자의 관심을 이야기에 집중시키는 것을 넘어, 이야기가 어떻게 독자에게 영향을 끼치는지까지 생각하게 하는 훌륭한 서사적 전통을 조명한다. 이야기의 전달과 수용에 대한 성찰이 의미 있는 허구를 창조하는 데에 꼭 필요하다는 그의 지적은 분명 옳다. 그 외의 것은 모두 게으름이다.

제임스는 이야기하기와 이야기 듣기(수용)의 동기를 핵심 과제로 제시함으로써 이야기 속의 이야기를 창조한다. 누가 서사를 통제하는가? 이것이 《황금잔》이 제기하는 본질적인 질문이다. 1권의 통제권은 불륜 관계를 숨기고 사람들을 속인 왕자와 샬롯 스탠트가 가진다. 그런데 2권에서는 두 사람이 갖고 있던 서사적 권위를 매기가 자의식적으로, 그리고 결정적으로 빼앗는다. 매기는 불륜 이야기를 공개적으로 인정하지 않는다. 그리고 결혼을 재승인하고 샬롯을 아담 버버와 함께 미국으로 추방함으로써 불륜을 덮는다.

서사적 창작, 동기, 통제에 관한 헨리 제임스의 가장 급진적인 실험은 《신성한 샘물》이다. 이 작품에서 매우 참여적인, 이름 없는 화자/관찰자는 두뇌와 상상력을 이용하여 주말에 영국 시골집을 방문한 손님들의 상호 관계를 추정한다. 누가 누구와 성관계를 맺고 있는지에 대한 그의 해석은, 커플 중 한 명은 파트너의 "신성한 샘물"을 마심으로써 힘과 젊음을 얻고 그 파트너는 거꾸로 시들고 늙고 힘이 빠진다는 원리에 근거한다(일단 가설이 정해지면 의심되지 않는다). 누가 누구와 짝인지에 대한 그의 설명이 바뀐다면, 필연적으로 다른 부분도 바뀐다. 그러나 원리는 항상 똑같다. 이 원리는 일종의 알고리즘 같으며, 짝짓기의 패턴을 생성한다. 소설의 결말 부분에 이르러 화자/관찰자의 스토리텔링 전략에 동참하는 듯했던 절친 그레이스 브리센든은 그가 미쳤다고 말한다. 그가 구축한 서사는 붕괴하는 듯했지만, 그는 곧 자신의 서사적 원리를 거부하고 그레이스가 간절히 숨기려 하는 관계를 변수에 넣음으로써 서사적 구조를 재건한다.

소설은 아무런 결론도 내리지 않는다. 어떠한 결론도 이끌어 내지 않고 독자가 서사적 구성과 동기부여 게임에 참여하도록 이끄는 일종의 자기소모적인 인공 구조물이다. 이 소설은 훌리오 코르타사르의 〈블로우업〉| 미켈란젤로 안토니오니 감독의 1966년작 〈확대〉의 원작. 우리말 영화제목은 '욕망' |이나 알랭 로브그리예의 《관음증자》 같은 20세기의 실패한 추리소설, 즉 수사와 해결은커녕 범죄가 있었는지조차 불확실한 추리소설의 선구자 격이다.

이제 포크너의 《압살롬, 압살롬!》을 살펴보자. 이 소설에서 이야기의 전달 방식을 아는 것은 이야기에 결정적인 힘을 실어 주지만, 그와 동시에 지극히 의문스럽게 한다. 즉, 독자들이 꼭 알아야 할 것이 소설에 나오지 않는 것이다(물론 알아야 할 것이 어딘가에 있을지도 모른다. 눈에 잘 띄지는 않아도 감지할 수 있을지도 모른다). 아무튼 《압살롬, 압살롬!》은 여러 가지 중요한 수수께끼를 중심으로 전개된다. 그 수수께끼를 풀고 과거와 이해 가능한 관계를 맺는 것이 내러티브의 주요 내용이다.

하버드대학의 추운 기숙사 방에서 과거에 얽힌 이야기를 나누던 두 청년 퀜틴 콤프슨과 슈리브 맥캐넌에게 가장 큰 수수께끼는 헨리 서트펜이 절친이자 누이의 약혼자였던 찰스 본을 살해한 사건이다. 그들의 탐사적 내러티브는 퀜틴이 아버지(그도 토머스 서트펜과 친분이 있던 자신의 아버지 콤프슨 장군에게 이야기를 들었다)와 로자 콜드필드로부터 들은 이야기, 그리고 몇 달 전 서트펜의 농장(서트펜스 헌드레드)을 직접 방문했을 때 들었던 이야기 등을 바탕으로 한다. 서사가 진행되면서 헨리 서트펜이 그의 아버지 집 대문에서 찰스 본을 쏜 이유는, 두 젊은이(퀜틴과 슈리브)가 그들이 알고 있다고 생각하는 내용에 기초하여 이야기를 구성하고 허위로 보이거나 잘못된 정보들을 제거하는 동안 계속 변화한다.

처음에는 찰스 본이 뉴올리언스에 사는 흑백혼혈 여성과 이미 결혼했다(당시로서는 법적 실체가 없는, 신분이 다른 사람 간의 귀천상혼貴賤相婚 관계이긴 하지만)는 사실이 문제였다는 주장이 제기되는데, 이는 콤프슨 장군의 이야기다. 장군에 따르면, 찰스 본은 주디스 서트펜과 사귀는 동안 "의도적인 중혼자"였다. 그러나 퀜틴이나 그의 아버지가 보기에 이것이 살해 동기는 아닌 듯하다. 다음으로, 찰스 본이 사실 서트펜이 첫 번째 결혼에서 얻은 아들로서 헨리와 주디스의 이복형제라는 사실이 밝혀진다. 따라서 중혼에 근친상간이 추가된다. 그러나 그조차도 헨리의 살인 행위를 제대로 설명하지 못하는 듯하다. 헨리 본인도 주디스에게 근친상간적 욕망을 품고 있었기 때문이다. 서사의 후반부에 이르러, 아이티에서 토머스 서트펜과 결혼한 찰스 본의 어머니가 흑인의 피를 가졌다는 사실이 밝혀진다. 이는 결정적이다. 이 때문에 서트펜은 찰스 본의 생모를 버렸고, 나중에 로자의 여동생이자 주디스와 헨리의 어머니인 엘렌 콜드필드와 결혼한다.

이 발견은 백인 아들인 헨리와 부분적으로 흑인인 아들 찰스 본 사이에 무슨 일이 있었는지 설명하는 열쇠를 제공한다. 이는 남북전쟁이 끝나 갈 무렵인 1865년 남부군이 리치먼드로 후퇴할 때 일어난 중요한 장면을 소환할(또는 상상 속에서 만들어 낼) 만큼 강력하다. 서트펜 대령은 헨리를 자신의 텐트로 불러 주디스가 찰스 본과 결혼해서는 안 되는 이유를 설명한다: **"본은 주디스와 결혼하면 안 된다, 헨리. 본의 엄마의 아버지 말로는 그녀의 어머니는 스페인 여자였다.** | 즉, 본의 외할머니는 흑인이 아니고 백인이었다 | **나는 그 사람 말을 믿었고, 본이 태어난 후에야 본의 엄마가 흑인이라는 사실을 알았다."**[20] 이 고백은 마침내 퀜틴과 슈리브가 서트펜 가족의 비극적 서사시를 이해하는 데에 꼭 필요한 해석학적 실마리를 제공한다.

그러나 "잠깐만"(이 표현은 내러티브를 함께 구성해 가면서 이야기에 더 깊숙이 빠져들었던 슈리브가 퀜틴에게 자주 하는 말이다), 이 확신은 대체 어디서 오는 걸까? 그것은 과거로부터 전해 내려온 정보가 아니라 1909년 가을 하버드로 떠나기 직전, 로자 콜드필드와 함께 서트펜스 헌드레드에 갔던 날 밤에 퀜틴이 직접 관찰한 사실에서 비롯된 것으로 보인다. 사실, 퀜틴의 정보가 어디에서 왔는지 그 출처를 문제 삼은 사람은 슈리브였다.

"너네 아버지 말이야," 슈리브가 말했다. "그분이 이 모든 걸 알고 계셨으면, 헨리와 본 사이의 문제가 그 혼혈 여성이었다고 말씀하신 이유가 뭘까?"

"그때는 모르셨지. 서트펜이 우리 할아버지한테 다 말하진 않았고, 할아버지도 아버지한테 다 말씀하신 건 아니야."

"그럼 누가 말했어?"

"내가 그랬지." 퀜틴은 슈리브가 그를 지켜보는 동안 움직이지 않았고, 고개를 들지도 않았다. "그날 우리가—그날 밤 우리가—"

"아," 슈리브가 말했다. "너하고 본의 이모 | 로자 콜드필드 | 말이지? 알았어."

퀜틴이 서트펜스 헌드레드에 갔을 때 무엇을 알았는지는 몇 쪽 뒤에 더 분명하게 설명되어 있다.

"너네 아버지 말이야," 슈레브가 말했다. "너네 할아버지가 이 얘기를 아버지한테 하셨을 때, 아버지는 할아버지가 말씀하신 게 무슨 뜻인지 잘 알지 못했지, 맞지? 그 악마 놈[서스펜]이 그 얘기를 할아버지한테 했을 때, 할아버지가 무슨 말인지 못 알아들었던 것처럼 말이야. 그리고 네 아버지가 너한테 얘기했을 때, 네가 거기 가서 클라이티를 보지 않았다면, 너도 누가 무슨 말을 하는지 도무지 몰랐을 거야. 맞아?"

"응, 맞아." 퀜틴이 말했다.

드러난 부분의 여백을 읽어 보자면, 이야기의 결정적인 단서는 퀜틴이 서트펜이 흑인 노예와 낳은 딸인 클라이티(클리템네스트라)를 만났을 때 나왔다는 것을 알 수 있다. 클라이티를 본 퀜틴은 이 흑인 여성의 얼굴에 새겨진 서트펜의 모습을 알아본다. 퀜틴은 이를 계기로 헨리가 찰스 본을 쏜 이유에 대한 유일한 설명은 혼혈이라는 사실을 인식하게 된다.[21] 아마도 그는 제퍼슨에서 클라이티를 본 적이 있을 것이다. 하지만, 지금 오래된 집에서 만났을 때는 전혀 새로운 느낌이다. 이 집에서 퀜틴은 영웅적 과거의 죽어 가는 생존자인 헨리도 만난다. 역사적 설명은 필요하되 불확실하다는 인식에 기반한 소설에서는 어떤 해석도 확정적일 수 없다. 확정성을 거부하는 것이 이 소설의 정직함이다.

그러나 나는 퀜틴이 클라이티를 목격하는 장면이 소설의 수수께끼를 푸는 핵심적 열쇠라고 확신한다. "클라이티를 본다는 것"은 서트펜 가족을 관통하는 혼혈의 흔적을 목격한다는 것이다. 그것은 또한 아이러니의 흔적이기도 하다. 혼혈이야말로 사회적 정통성을 추구했던 서트펜이 가장 피하고 싶었던 것이기 때문이다. 이 가설은 이전의 가설이 설명하지 못했던 부분을 "설명"한다. 그리고 퀜틴의 목격담은 그가 아버지와 할아버지로부터 서사를 넘겨받는 행위를 정당화할 수 있다. 퀜틴은 비록 서트펜 서사시와 관련하여 뒤늦게 화자가 되기는 했지만, 시간상으로 사건에 더 가까운 사람들보다 더 많은 것을 알고 있다. 이야기의 설명 원리를 철저하게 추적하면서 그는 최고의 탐정이 된다.

제임스가 개탄했던 "무책임한 '저자'의 위장된 위엄"은 포크너에 이르러 완전히 청산되었다. 저자는 소설이라는 드라마의 핵심 주제가 되었다. 슈리브와의 대화를 통해 퀜틴은 아버지와 할아버지로부터 이야기를 물려받는다. 이를 통해 그는 독자들 또한 정답이 따로 없는 서사적 권위의 문제에 관심을 가질 것을 요구한다. 이 소설에는 인식론적 확실성이 존재하지 않을 수도 있다. 우리가 할 일은 능력이 닿는 만큼만 설명을 시도해 보는 것이다.

후기 논문 〈분석의 구성〉에서 프로이트는 환자와 분석가가 정신분석 대화를 통해 과거를 복구하려고 해도 검증 가능한 과거사는 절대로 복구할 수 없다고 주장한다. 기껏해야 과거의 재구성만이 얻을 수 있는 전부다. 이를 통해 우리는 "되찾은 기억과 똑같은 치료적 효과를 얻을 수 있다."[22] 서사는 어떤 확실한 진실보다는 "일어났을 법한 일"로 갈음해야 할 수도 있다. 거짓 없이 정직하게 추구했다는 전제 하에, 서사적 인식론은 세상에 대한 우리의 앎에 가장 근접한 모방, 즉 설득력 있는 어떤 이야기, 일어났을 법한 일을 이해하게 만드는 어떤 이야기만을 제공할 뿐이다. 그러한 이야기는《기차를 탄 소녀》처럼 과거에 대한 앎과 관련하여 우리를 기만하지 않는다. 제대로 된 서사적 인식론은 오히려 그 앎을 하나의 문제이자 드라마로 만든다.

많은 이야기에서 발견되는 서사적 앎의 반대편에는 **무지** unknowing가 있다. 즉, 무지nescience의 사악한 힘이 권세를 누리고 있다. 헨리 제임스의《비둘기의 날개》에서 밀리 실은 머튼 덴셔와 케이트 크로이의 관계에 대한 무지에서 벗어난 후 죽음을 맞는다. 일종의 고의적 무지는 제임스의 후기 중편소설《정글의 짐승》의 핵심이다. 존 마처의 무지는 치명적인 나르시시즘이 되고, 결국 메이 바트램과 그 자신을 파괴한다.

이와 유사한 흥미로운 예를 서양문학 최초의 심리소설로

불리는 마담 드 라파예트의 《클레브 공작부인》(1678)에서 찾을 수 있다. 이 소설은 아내가 남편에게(공작부인이 공작에게) 다른 남자와 사랑을 주고받는 사이가 되었지만 결코 그 열정에 굴복하지 않겠노라 밝히는 놀라운 고백을 중심으로 전개된다. 그녀의 고백이 궁정에 알려지고 상대 남자가 듀 드느무르 공으로 지명되자 남편과 아내는 누가 비밀을 누설했는지를 놓고 싸움을 벌인다. 두 사람 모두 그런 사실이 없다고 부인한다. 비밀을 밝히지 않는 것이 서로에게 이익이 되는 것은 분명하다. 그런데도 서로 죄가 있다고 믿는다. 중대한 앎의 교착 상태가 발생하며, 이는 결국 공작의 죽음으로 이어진다. 사실 이 고백을 몰래 엿들은 느무르 공이 범인이었다. 그는 자신이 주연인지라 이 사실을 떠벌리고 다니지 않을 수 없었다. 하지만 공작도 공작부인도 이 사실을 모른다. 그들은 생사가 걸린 문제에 대해 완전히 무지한 상태다. 공작은 무지로 인해 죽고, 공작부인은 궁정에서 물러나 수도원에 들어간다. 그들의 무기력한 인식론은 궁정의 기반이되는 가면들을 꿰뚫어 보는 정교한 게임을 해체하는 것처럼 보인다. 이 소설은 앎이 삶의 전부인 세상에서 발생한 앎의 실패를 중심으로 전개된다. 무지는 치명적이다.

《클레브 공작부인》에서 앎과 무지의 플롯에 결정적인 역할을 담당한 몰래 엿듣기는 그 전적前績이 화려하다.[23] 마담

드 라파예트의 소설 이후로 생각나는 가장 충격적인 예는, 월키 콜린스의 《흰옷을 입은 여인》에서 마리안 할콤이 침실 창문을 통해 지붕에 올라가 퍼시벌 글라이드 경과 포스코 백작이 정교한 음모(소설의 나머지 부분을 차지하는)를 꾸미는 대화를 엿듣는 순간이다. 엿듣던 중에 마리안은 갑자기 내린 비에 흠뻑 젖어 병에 걸리는데, 포스코는 이를 이용해 그녀의 침실에 몰래 들어가 음모를 꾸민 자신들에 대한 의심을 기록한 일기를 읽는다.

로버트 루이스 스티븐슨의 《보물섬》에도 사과통 속에 숨어 있던 짐 호킨스가 '키다리' 존 실버와 그의 동료들이 선상 반란을 모의하는 대화를 엿듣는 중요한 도청의 순간이 있다. 이보다 더 복잡한 예는 《소돔과 고모라》(마르셀 프루스트의 《잃어버린 시간을 찾아서》의 중간 부분에 해당하는 소설)에서 찾을 수 있다. 초반부에 계단의 후미진 곳에서 어린 마르셀이 샤를뤼스 남작과 재단사 쥐피앵의 만남을 목격하고 숨겨진 동성애 세계를 발견함으로써 사회와 에로스에 대한 그의 관점이 송두리째 바뀌어 버린 경우가 그렇다. 엿듣기가 장치로서는 어느 정도 비현실적인 측면이 있지만, 이를 통해 필요한 서사적 지식을 획득하는 행위는 정당화될 수 있다. 엿듣기는 도덕적으로 문제적일 뿐만 아니라 진부한 관습일지도 모르지만, 그 인지적인 가치는 크다.

서사는 거의 항상 앎의 문제와 결부되어 있다. 서사는 인지적 도구다. 헤이든 화이트에 따르면, "narrative"라는 단어의 인도유럽어 어근은 '앎'을 가리킨다. 이는 원래 내러티브가 인간의 기원, 즉 인간과 세계가 어디에서 왔는지 알려 주는 "지혜문학"임을 암시한다.[24] 역사학자 카를로 긴즈부르그의 사냥꾼 패러다임은 서사의 기원을 사냥꾼의 지식에 연결한다. 흔적, 단서, 일상적 사건을 서사(가령, 동물이 이 길로 지나갔다는 서사)에 연결하는 행위는 서사가 원래 그리고 항상 인지 행위를 나타낸다는 것을 의미한다. 이는 다시 '우리가 아는 지식을 어떻게 학습하는가'라는 질문이 소설에 중요하다는 것을 뜻한다.

내가 《기차를 탄 소녀》를 가혹하게 비판했다면, 이는 소설이 가장 잘 할 수 있는 작업이 무엇인지 강조할 필요가 있다고 생각했기 때문이다. 우리가 《기차를 탄 소녀》 같은 엉성한 작품에 현혹된다고 해도, 하늘이 무너지지는 않을 것이다. 그러나 소설은 우리 시대에 압도적으로 지배적인 형식이 되었다. 따라서 소설이 엉성할 필요는 없으며, 삶에 대한 소설 비판 중요한 부분은 우리가 삶의 이야기를 어떻게 알고 어떻게 이해하는지에 대해 올바르게 알리는 것이다. 이를 끊임없이 상기하는 것은 가치 있는 일이다.

❸
이야기꾼, 이야기, 이야기가 만드는 차이

청자가 있든 없든, 이야기는 대개 여러 가지 이유로 어떤 주장을 입증하기 위해 전달된다. 도심 지역 청소년의 구술 서사를 다룬 1960년대 사회언어학자 윌리엄 라보프와 조슈아 월레츠키의 획기적인 연구는 이 점을 강력하게 증명한다. 이 구술 서사에는 "평가"가 담겨 있는데, 이를 통해 화자는 경험의 의미 또는 교훈, 즉 그가 왜 이야기를 하는지를 성찰한다.[1]

소설은 일반적으로 고독 속에서 소비되는 형식이다. 그 때문인지 몰라도 독자가 소설의 수신인addressees이라는 점, 작가가 소설의 독서와 독자층을 상정하고 글을 쓴다는 점, 소설이 결국 소통의 시도라는 점이 곧잘 망각되곤 한다. 여기서 문제가 발생할 수도 있다. 플라톤이《파이드로스》에서 지적하듯이, 문자 텍스트의 문제점은 무분별하게 아무 데나 옮겨 다니며, 그것이 어떻게 수용되고 해석되고 이용되는지 알 수 없다는 것이다.[2]

반면, 구술 이야기꾼은 청중의 반응을 살펴보고, 그들의 질문이나 못 미더운 표정 또는 지루한 몸짓에 반응할 수 있다. 글과 인쇄물의 시대를 사는 작가들은 향수에 젖어 구전 스토리텔링의 시대를 덜 타락한 소통과 교감의 시대로 바라보는 것 같다. 예를 들어, 긴 겨울 저녁 화로 앞에서 가족과 마을 씨족을 하나로 묶어 주던 유럽의 민담은, 그 이야기들

이 민중 구전 문화에서 자취를 감추던 와중에 그림 형제가 1812년 처음 출판한《동화와 민담Kinder und Hausmärchen》| 한국어 판 제목은 '그림 동화' | 같은 책을 통해 필사 · 수집 · 보존되기 시작했다.

구전 스토리텔링은 사람들을 주고받음의 상황에 놓는다. 민속학자 존 나일스는《호모 나랜스》에서 다음과 같이 말한다. "구술 공연에는 공연자와 청중의 신체적 현존에서 비롯되는 감각적 신체적 특성이 존재한다."[3] 구전문학을 보존하려는 19세기의 또 다른 시도인 리처드 버턴의《아라비안 나이트》서문에는 이러한 신체적 특성을 보여 주는 유명한 예시가 등장한다. 버턴은 여기서 베두인 야영지에서 그가 고른 이야기를 들려주는 장면을 묘사한다.

동쪽에서는 거인 같은 회색 그림자가 천천히 떠오르고, 서쪽에서는 어스름한 저녁이 창백한 빛깔을 띠다가 땅거미도 없이 밤이 성큼 찾아온다. 지구는 늙고, 차갑고, 창백하고, 유령처럼 형체 없는 모습이다. 그때쯤 캠프의 사람들이 옹기종기 모여든다. 부족의 어른들Shaykhs과 "흰 수염"의 노인들은 아랍식 표현으로 '평지의 작은 언덕들처럼' 옷자락을 펼치며 엄숙한 얼굴로 자리에 앉는다. 나는 그들이 좋아하는 이야기를 몇 페이지 읽거나 낭송하여 그들의 환대에 보답함으로써 그 환대가 계속되도록 한다. 여자와 아이들은 가장자리에서 그림자처럼 미동도 없이 서 있다. 모두 숨을 죽이며 집중한다. 귀뿐만 아니라 눈과 입으로도 이야기를 음미하는 것 같다.[4]

버턴은 후대의 이야기꾼들도 늘 관심을 기울이는 일종의 이야기의 진정성과 그 수용의 느낌, 이야기에 대한 완전한 몰입의 느낌을 불러일으킨다. 로버트 루이스 스티븐슨부터 에디스 네스빗에 이르기까지 아동문학의 고전 작가들이 이 느낌을 되살리는 데에 성공할 때도 있었다.

19세기 수많은 소설가들은 구전설화의 상황을 허구적으로 재창조한다. 발자크를 예로 들자면, 그는 새로운 인쇄 및 출판문화의 의미를 완전히 이해한 최초의 소설가일 것이다. 그의 소설 《잃어버린 환상》은 처음에는 자신을 시인으로 생각했던 발자크가 1820~30년대에 저널리즘, 홍보, 생산 기계를 경험했을 때 작가의 운명이 어떻게 바뀌는지 보여 준다. 《잃어버린 환상》은 문학의 상품화를 기록한 소설이며, 게오르크 루카치의 표현으로는 "정신의 자본화를 보여 준 비극적 서사시"[5]다.

발자크는 인쇄소와 활자 주조 공장을 인수하여 생산수단과 방식을 통제하려고 할 만큼 선견지명이 있었다. 발자크가 경영하던 인쇄소는 파산했지만, 그의 생각은 틀리지 않왔다. 그는 1839년 동시대 비평가 생트 뵈브가 말한 "산업문학"의 시대, 즉 일간지에 연재되는 장편소설로 인해 신문 구독료가 낮아지고 유료 광고와 돈에 매수된 서평이 창궐하는 시대의 도래를 감지했다. 문학이 대중화되고 있었다(생트 뵈브는 이를 개탄스럽게 여겼다). 읽고 쓸 줄 아는 독자 대중의 비율이 높아졌고, 새로운 유통 방식으로 인해 그들에게 다가가는 다양한 방법이 생겼기 때문이다.

그러나 발자크는 종종 문자 텍스트를 통해 구전 이야기의 맥락을 창조하려고 했다. 그의 몇몇 소설은 친구나 연인에게 보내는 긴 이야기 형식의 편지로 되어 있으며, 독자의 응답을 요구한다. 그의 많은 소설과 단편소설은 특정한 사회 환경에 속하는 사람들끼리 이야기를 주고받는 상황을 명시적으로 연출한다. 예를 들어, 《여성에 대한 또 다른 연구》는 조르주 상드를 모델로 한 가상의 소설가 펠리시테 데 투슈의 살롱을 배경으로 펼쳐진다. 대규모 리셉션이 끝나고 소수의 엘리트만이 늦은 저녁 식사를 위해 남아 있다. 이야기 후반부에 가서야 정체가 밝혀지는 소설 속 화자는 이러한 모임과 모임이 장려하는 대화가 이제 프랑스에서 드문 현상이 되었다고 말한다. 이 모임은 마치 대화로 밤을 지새울 수 있으면 아무도 자리를 떠나지 않으려 했던, 여유가 흘러넘치던 프랑스혁명 이전의 앙시앵레짐을 연상케 한다.

이러한 구전 현상에는 유사정치적 의미가 담겨 있다. 그것은 부르주아적 원시자본주의에 찌든 현대 프랑스에 대한 일종의 항의였다. 부르주아 군주 루이 필립이 왕위에 오른 1830년 혁명 이후, 시간은 가장 소중한 재화가 되었다. 반면, 밤새도록 이야기하고 다음 날 아침에 잠을 잘 수 있는 사람들에게 이야기는 "엄청난 방탕"이다.[6]

펠리시테 데 투슈의 파티 후 사교 모임에서는 "대화가 이야기로 흘러간다." 이 상황에서 "모든 눈은 경청하고, 몸짓으로 질문하고, 표정으로 대답"한다. 화자는 "구술 현상"에 이처럼 완전히 매료된 적이 단 한 번도 없었다고 말한다. 이렇게 놀라운 이야기와 의견 교환에 참여한 적이 없었다. 소설이 전개되는 동안 우리는 네 명의 주요 화자로부터 이야기를 듣게 된다. 최고의 전성기를 구가하는 파리의 멋쟁이이자 현 국무총리 앙리 드 마르세, 에밀 블롱데 기자, 아르망 드 몽트리보 장군, 그리고 마지막으로 저녁 내내 주요 화자 역할을 담당하는 오라스 비앙숑(《인간 희극》에서 냉철한 과학적 관찰과 인간적 연민의 모델로 자주 등장하는 저명한 의사). 이야기와 감상평이 오가고 중간중간 청자들의 논평이 끼어든다. 그중에는 나폴레옹의 위대함을 주제로 한 시인 멜키오르 드 카날리스의 훌륭한 즉흥시도 있다. "올바른 여성"("패션의 피조물")이라는 새로운 사회적 범주를 주제로 한 블롱

데의 풍자적이고 분석적인 이야기를 제외하고, 소설은 주로 열정과 복수, 사회적 구별의 이야기로 구성되며, 아내의 연인을 산 채로 매장하는 남편에 대한 비앙숑의 소름 끼치는 이야기로 끝난다.

그 후 더 이상 할 말이 없다. 손님들은 조용히 자리를 떠난다. 전반적으로 의미와 힘을 나타내는 지표로 우리의 관심을 끄는 것은, 이야기 그 자체보다는 이야기에 대한 반응이다. 드 마르세의 불륜 이야기(그는 이 이야기를 교훈 삼아 냉정하고 말수 없는 정치인이 된다)를 듣고, 델핀 드 누싱겐이 불쑥 그의 여러 여자들 중에서 "두 번째 여자가 불쌍하다"고 말한다. 그러자 드 마르세의 입가에 "아주 희미한" 미소가 번진다. 일부 손님들의 당황한 침묵으로 확인되듯이, 독자들은 바로 델핀이 바로 그 두 번째 여자였다는 사실을 알게 된다. 프랑스군이 러시아에서 철수하는 사이에 바람이 난 아내에게 복수한 남편이라는 몽트리보의 끔찍한 이야기가 끝난 후, 드 마르세는 "양의 반란보다 더 끔찍한 것은 없다"고 논평한다. 이는 전체 이야기의 내용을 요약한 일종의 격언이다. 그러나 그로 인해 이야기의 의미는 훼손된다.

누싱겐 남작이 알자스 독일 지역 억양으로 저녁을 마무리한다. "아! 멋진 이야기를 듣게 되니 정말 행복하네요!" 음식, 대화, 이야기, 소화는 생각과 감정을 함께 나눌 때 늘 등장하는 요소들이다. 이야기와 듣기 중간중간에 우리는 어떤 이야기든지 그보다 더 중요한 것은 스토리텔링의 생생한 현장이라 할 화자와 청자의 상호작용임을 알게 된다. 사회언어학자 윌리엄 라보프는 다음과 같이 말한다. "어떤 내러티브는 규칙적이고 예측 가능한 방식으로 청중에게서 고도의 집중을 끌어내는데, 이러한 집중의 상태는 이야기의 결말에 도달한 후에도 오랫동안 지속되는 미동조차 없는 침묵의 분위기를 불러일으킨다."[7]

이러한 관심의 집중은 《여성에 대한 또 다른 연구》뿐만 아니라 발자크의 다른 책에도 기록된 내용이다. 발자크가 보여 주고자 하는 것은 이야기가 중요하다는 사실이다. 이야기는 해를 끼치고 반응을 일으키고 삶을 바꾼다. 스토리텔링은 결백하지 않다. 발자크는 프랑스의 기차 건널목에서 흔히 볼 수 있는 경고문을 독자들에게 보여 준다. "주의: 기차 뒤에 다른 기차가 숨어 있을 수 있습니다." 말하기와 듣기의 틈새에 다른 이야기가 숨어 있을 수 있다. 이 이야기는 화자와 이야기와 청자의 관계에 관한 이야기다.

내가 말하고자 하는 바를 더 간단하게 표현한 이야기는, 이야기 장르의 전문가 기 드 모파상에게서 찾을 수 있다. 〈기발한 대책〉(1882)을 예로 들어 보자. 여기서 기발한 대책은 청자를 함정에 빠뜨려 듣기 싫어도 듣게 만드는 것이다.

즉, 청자가 듣지 않으려는 이야기를 강제로 듣게 함으로써 추잡한 사건에 연루시키는 것이다.[8] 이야기의 외피에 해당하는 이야기에서, 한 의사가 얼마 전에 결혼한 여성을 진찰한다. 이 여성은 연애결혼 한 달 만에 피로와 빈혈 증세를 겪는다(섹스를 너무 많이 했다는 다소 음탕한 암시가 있다). 그녀는 의사에게 결혼한 여자가 왜 바람을 피우는지 모르겠다고 말한다. 의사는 남편이 사교 클럽에 나간 동안 애인이 침대에서 갑자기 사망했는데, 남편이 곧 집으로 돌아올 예정인 어떤 부인의 이야기로 응답한다. 이 부인은 의사를 부른다. 부인과 의사는 시체에 옷을 입힌다. 남편이 귀가하자 시체를 부축하여 계단을 내려가면서, 남자가 아프다고 둘러댄다. 남자가 의사와 함께 방문했다가 일시적으로 발작을 일으킨 것처럼 꾸민 것이다. 부인과 의사는 남자를 의사의 마차에 태운다. 의사와 시체는 마차를 타고 떠난다. 소식에 따르면, 남자는 마차를 타고 가는 동안 사망했으며 그렇게 공식 인정된다. 의사가 이야기를 마치자 진찰실에 있던 젊은 부인이 묻는다. "왜 그런 끔찍한 이야기를 저에게 하시는 거죠?" 의사가 정중하게 대답한다. "기회가 닿으면 부인을 도와드리려고요."

이야기는 이렇게 냉소적이고 조롱 또는 비웃음에 가까운 대답으로 끝난다. 책을 덮은 후에도 여운이 남는다. 의사가 젊은 부인에게 무슨 짓을 한 걸까? 이 이야기는 일종의 언어적 모독, 일종의 강간으로 읽힌다. 결혼 생활에 충실해야 한다는 젊은 여성의 믿음을 파괴했을 뿐만 아니라, 예상치 못한 이야기로 마음을 오염시켜 그녀와 의사 사이에 불건전한 유대감을 만들어 낸다. 부인은 의도치 않게 무심코 들은 이야기 때문에 변화를 겪게 된다. 순진했던 여자가 선과 악에 대한 지식을 얻게 된다. 그녀는 이야기도 원치 않았고, 그 안에 담긴 내용과 교훈도 원치 않았다. 그러나 이제 머릿속에 각인되어 지울 수 없다. 일종의 독성물질의 찌꺼기처럼 뇌리에 남는다. 모파상의 이야기는 가볍고 암울하다. 그러나 그것은 이야기를 듣는 행위 또는 들어야만 하는 행위가 어떤 결과를 초래하는지 강렬한 방식으로 증명한다. T. S. 엘리엇의 말을 빌리자면, "그런 일을 알고 난 후, 무슨 용서가 있겠는가?" 우리가 알게 된 어떤 것들은 되돌릴 수 없다. 우리는 그 때문에 영원히 바뀌어 버린다.

20세기 초, 영국 작가 사키(H. H. 먼로)는 마지막 반전이 있는 아주 짧은 이야기를 완성하고 이를 일간지에 실어 큰 성공을 거두었다. 〈열린 창〉은 모파상의 이야기와는 다르지만, 이 단편 역시 화자와 청자의 상호작용에 주목한다. 프램튼 너틀은 지친 심신을 달래기 위해 시골로 내려간다. 한때 그 마을에 살았던 친누나는 그에게 도움이 될 만한 현지인들의 명단을 건넨다. 너틀은 첫 번째로 새플턴 부인에게 전화를 건다. 부인이 나오기를 기다리는 동안, 잔디밭 쪽 프랑스식 창문이 있는 응접실에서 "차분한" 열다섯 살 조카 베라가 그를 응대한다. 베라(그녀의 이름은 진실을 말한다는 뜻이다)는 너틀이 고모에 대해 아무것도 모른다고 판단하고서 이야기를 지어낸다. 3년 전 바로 오늘 고모에게 큰 비극이 일어났다는 것이다. "10월 오후에 왜 창문을 활짝 열어 놓는지 궁금하실 거예요." 그러자 너틀은 별 관심도 없었던 응접실의 특징을 주의 깊게 관찰한다. 열린 창문은 베라가 들려주는 이야기 속의 이야기, 즉 액자소설의 틀이 된다.

"3년 전 어제, 저 창문으로 고모부하고 삼촌 둘이 사냥을 나갔어요. 세 명 모두 집에 못 돌아왔죠. 자주 도요새를 사냥하던 곳에 가려고 황무지를 건너다 세 사람 다 늪에 빠졌어요. 아시다시피 그해 여름이 너무 덥고 습했어요. 다른 때는 별 탈 없다가 갑자기 위험해진 곳도 생겨났죠. 시신은 못 찾았어요. 그게 가장 끔찍한 거죠." 여기서 아이의 목소리는 차분함을 잃고 머뭇거리는 것이 인정 있어 보였다. "고모는 언젠가 다 돌아올 거라고 생각하세요. 갈색 스패니얼 개하고 같이 저 창문으로 돌아올 거라고. 늘 그랬듯이요. 그래서 저녁마다 해 질 때까지 창문을 열어 놓는 거예요. 고모가 너무 불쌍해요. 가끔 고모부하고 외출한 얘기를 하세요. 고모부는 흰색 방수 코트를 팔에 걸고, 막내동생 로니는 고모를 놀려 댔죠. 노래 부르면서. '버티, 심장이 콩닥거려?' 맨날 놀려 먹을 때 부르는 노래가 있어요. 고모는 짜증난다고 했죠. 근데요, 가끔 오늘같이 이렇게 저녁에 조용하면요, 조금 소름이 돋아요. 저기 창문으로 들어올 거 같아서요."⁹

베라는 새플턴 부인이 나타나자 "약간 몸을 떨면서" 이야기를 중단한다. 새플턴 부인은 날씨, 사냥 시즌 전망, 기타 지역 소식을 수다스럽게 쏟아 낸다. 너틀은 건강이 안 좋다고 이야기한다. 그녀는 사냥 나간 사람들하고 남편이 돌아오기를 기다린다고 말한다. 좀 전에 들은 비극적인 이야기 때문에 너틀은 이를 강박과 망상의 증거로 받아들인다. "정말 끔찍한 일이군." 그리고 새플턴 부인이 소식을 전한다. "드디어 왔네요! 차 마실 시간에 딱 맞춰서." 너틀은 베라 쪽으로 고개를 돌린다. "그 아이는 깜짝 놀라 공포에 질린 눈으로 창문 너머 밖을 바라본다. 뭔지 모를 공포로 충격에 휩싸인 프램튼은 자리에서 벌떡 일어나 같은 방향을 바라본다."

깊어지는 어스름 녘, 세 명이 잔디밭을 가로질러 창문 쪽으로 걸어온다. 모두 팔에 총을 들고 있다. 그들 중 한 명은 어깨에 흰 코트를 걸치고 있다. 갈색 스패니얼 한 마리가 피곤한 기색으로 바짝 뒤따라오고 있다. 그들은 소리도 내지 않고 집에 가까이 왔다. 어두컴컴한 데서 젊은 남자가 쉰 목소리로 외쳤다. "내가 말했지, 버티, 심장이 콩닥거려?"

너틀은 쏜살같이 집을 뛰쳐나오다 좁은 길에서 자전거와 충돌할 뻔한다. 집으로 돌아온 새플턴 씨는 방금 뛰쳐나간 사람이 누구냐고 묻는다. 그의 아내는 병 이야기만 하다가 유령을 봤는지 사과도 없이 도망간 사람이라고 대답한다. 베라의 연기 덕분에 너틀은 유령을 본 것이다.

이제 베라가 설명할 차례다. 어리둥절한 새플턴 부부에게 즉석에서 소설 형식을 빌려 말한다.

"아마 스패니얼 때문일 거예요." 조카는 차분하게 말한다. "개를 무서워한다고 해요. 갠지스 강변에서 떠돌이 개떼에 쫓겨 다니다 공동묘지까지 간 적이 있대요. 새로 판 무덤에서 하룻밤을 보냈다고 하는데, 개들이 머리 위에서 으르렁거리고 히죽거리면서 거품을 물더래요. 누구라도 정신 줄을 놓을 수밖에 없죠."

이야기는 화자의 말로 마무리된다. "금방 지어낸 허무맹랑한 이야기는 그녀의 특기였다." 사실 금방 지어낸 허무맹랑한 이야기는 작가인 사키 자신의 주특기였다. 하지만 더 큰 틀에서 보자면, 이 이야기는 스토리텔링이 지닌 힘에 관한 이야기다. 베라의 첫 번째 이야기는 일반적인 비극의 성격을 띠었는데, 사냥꾼들이 나타났을 때 청자에게 유령을 떠올리게 할 만하다. 두 번째 이야기는 너틀의 과도한 반응을 설명함으로써 유령을 없앤다. 이야기가 지속되는 동안 허구가 현실을 통제하고 청자의 반응을 지배한다. 사냥꾼들이 가까이 왔을 때 너틀이 베라의 얼굴에서 읽은 "넋 나간 듯한 공포"는 탁월한 서사적 다의성을 함축한다. 이 진술의 책임은 누구에게 있을까? 이것은 무엇보다도 현실을 지배하는 내러티브의 힘을 보여 주는 표식이다.

사키의 이야기는 매우 짧고 경박하기까지 하다. 이야기가 화자만큼이나 청자에 연관되며, 이야기가 무엇인지보다는 무엇을 하는지를 보여 주는 좋은 예다.

법률에서 다루는 이야기를 논할 때, 나는 확신conviction(법률 용어로 유죄판결)에 기여하는 행위의 중요성에 주목할 것이다. 법률에서 확신이란 이야기의 진실에 대한 믿음과 법적 결과를 모두 포함한다. 지어낸 이야기가 유무죄를 결정할 필요는 없지만, 스토리텔링의 책임에 대해 의문을 제기할 수는 있다. 고전적인 예가 조셉 콘래드의《암흑의 핵심》이다. 여기서 콘래드는 우리를 어둠(그것이 커츠의 어두운 모험이든 말로가 커츠의 약혼자에게 하는 거짓말이든)의 한복판으로 데려가는 이야기를 어떻게 해야 할지 독자에게 묻는다 (말로가 넬리호의 승객들에게 묻는 방식으로). 《암흑의 핵심》은 이 질문에 답하지 않는다. 대신 질문을 보여 준다. 마치 소설의 마지막 부분에서 템스강에 내려앉은 어둠을 보여 주듯. "앞바다는 둑처럼 무리 지은 검은 구름에 가로막혀 있었다. 땅끝으로 이어지는 고요한 물길은 구름 덮인 하늘 아래 음산하게 흐르고 있었다. 그것은 마치 거대한 어둠의 중심부로 이어지는 것 같았다."[10]

발자크의 많은 단편과 소설은 스토리텔링의 (때로는 파괴적인) 힘에 대해 비슷한 질문을 남긴다. 《작별》은 언어와 이성 능력을 상실한 여성이 창의적인 극화를 통해 의식을 회복하지만 결국 죽게 되는 이야기를 다룬다. 발자크의 또 다른 액자소설 《사라진》은 액자 이야기의 청자였던 로슈피드 후작 부인의 수수께끼 같은 회상으로 끝을 맺는다. "그리고 후작 부인은 여전히 생각에 잠겨 있었다."[11] 발자크의 많은 이야기는 이런 종류의 "생각에 잠긴 듯한" 태도를 불러일으킨다. 즉, 청자가 그러한 태도를 취하도록 유도하는 것이 작품의 목표인 것이다. 생각에 잠겨 있다는 것은 이야기의 강력한 힘을 보여 주는 지표다. 생각에 잠긴 독자는 암시된 의미와 의의를 깊이 생각한다.

단편소설은 장편소설보다 청자(및 독자)의 반응을 극화하는 데에 더 효과적이다. 장편소설에서는 청중이 시야에서 사라질 수 있기 때문이다. 물론 항상 그런 것은 아니다. 포크너의 《압살롬, 압살롬!》은 퀸틴과 슈리브(각각 청자와 화자)가 서트펜의 과거를 재현하기 위해 대화를 주고받는 장면을 연출한다. 발자크의 몇몇 장편소설은 청자의 반응이 매우 중요한데, 아마도 가장 두드러진 것은 《골짜기의 백합》일 것이다. 이 소설에서 펠릭스 드 반데네스는 새 애인 나탈리 드 마네빌에게 불행했던 첫사랑 이야기를 들려준다. 그런데 이야기를 듣고 나서 새 애인은 그에게 등을 돌린다. 그의 이야기는 그가 감정이 너무 메마른 사람이어서 사랑을 할 수 없음을 보여 주기 때문이다. 그리고 어떤 서사는 숨바꼭질 게임처럼 독자를 참여시키는데, 그 때문에 서사의 결과와 평가는 더 어렵고 더 중요하다. 이처럼 말하는 사람과 듣는 사람, 화자와 독자가 이야기와 맺는 관계는 일부 난해한 소설의 핵심이다.

샬럿 브론테의 훌륭한 작품 《빌레트》(1853)를 예로 들어 보자. 고아에 후원자도 없는 루시 스노우는 영국을 떠나 벨기에와 매우 흡사한 가상의 나라 라바스쿠르로 간다. 거기서 수도 빌레트에 위치한, 베크 부인이 교장으로 있는 기숙학교의 교사가 된다. 《빌레트》의 구조는 지금까지 살펴본 액자소설과는 매우 다르지만, 전통적이면서도 급진적인 방식으로 유사한 질문을 던진다. "스노우 씨, 당신은 누구죠?" 지네브라 팬쇼는 소설 중반을 훨씬 넘겨서야 물어본다. 이 질문에 독자는 끊임없이 관심을 갖는다.[12] 루시도 종종 자신에게 이 질문을 던지는 것처럼 보인다. 다른 사람들에게는 위장된 자아를 보여 주지만, 본인은 자신을 이해하는 것처럼 보일 때도 있다. 그러나 소설에는 미지의 영역이 광범위하게 존재하는데, 루시의 이야기는 이 영역을 더 불투명하게 만든다. 가끔 독자에게 중요한 정보를 숨기기 때문이다. 루시의 이야기를 주의 깊게 읽으려면, 독자는 발자크나 사키 또는 버턴의 이야기를 듣는 청자처럼 정신을 바짝 차리고 반응해야 한다.

회중시계 끈에 관한 사소하지만 중요한 이야기를 예로 들어 보자. 루시는 동료 교사인 폴 에마뉘엘(루시는 이 사람에게 복잡미묘한 감정을 느낀다)을 위해 회중시계 끈을 만든다. 그의 이름과 똑같은 축제일에 선물로 주기 위해서다. 이 이야기는 독자에게 간접적으로 살짝 교활한 방식으로 공개된다.

그날 저녁에, 우리는 "피정"한 수녀처럼 얌전히 앉아 있었어요. 학생들은 공부하고, 선생님들은 일하고 있었죠. 제가 만든 게 생각나요. 약간 특이한 거였어요. 그래서 재미있었고요. 만든 이유가 있었어요, 시간 때우려고 만든 건 아니었거든요. 완

성되면 선물로 주려고 한 거예요. 선물 주는 날이 금방이라 맘이
좀 급했고, 손이 정말 바빴죠.

그녀는 무슨 꿍꿍이속인지 독자에게 제대로 말하지 않는
다. 그런데 축제 때 선물을 주지 않으면서 불투명성이 배가
된다. 루시는 그곳에서 그에게 아무것도 주지 않은 유일한
사람이 되고, 이는 에마뉘엘에게 상처가 된다. 선물은 나중
에 가서야 전달된다. 늦어진 만큼 더욱 달콤해진다. 인지와
화해의 계기를 마련하기 때문이다. 이는 관계의 초기 단계
에서 전형적으로 나타나는 가학/피학적 현상이다. 이후에도
지연과 인지의 게임은 어느 정도 지속된다. 예를 들어,

나는 에마뉘엘의 손이 내 책상을 너무나 잘 안다는 걸 오래전
부터 알고 있었다. 그 손이 내 손만큼 익숙하게 책상의 뚜껑을
올렸다 내리고, 그 안에 있는 내용물을 뒤져 보고 가지런하게 정
리한다는 것을. 이는 틀림없는 사실이고 그 사람도 달리 생각되
길 바라지 않았다. 그는 왔다 갔다는 흔적을 뚜렷하고 명백하게
남기곤 했다. 그러나 지금까지 나는 그 모습을 한 번도 직접 보
지는 못했다.

에마뉘엘은 루시에게 읽을 책, 교정된 연습 문제집, 사탕

등을 남겼다. 루시는 독자들에게 이 사실을 진작 알렸어야 했다. 미리 알았다면 독자들은 폴이 루시에게 구애하는 과정을 상당 부분 완전히 다르게 이해했을 것이다. 그 과정을 묘사하는 루시의 서술 방식은 폴에 대한 그녀의 반응만큼이나 간접적이다.

책 전체가 일종의 숨바꼭질 놀이, 더 적절한 프랑스어 표현으로는 숨기-숨기 게임un jeu de cache-cache이다. 숨는 행위는 책 곳곳에 있다. 책 전반에 걸쳐 자주 사용되는 프랑스어에도 있다. 베크 부인의 부탁을 받고 폴의 면접 심사를 묘사하면서 루시는 이렇게 말한다. "이 부분은 마치 내가 그때 모든 것을 알았던 것처럼 이야기하겠다. 그 당시에는 거의 알아들을 수 없었지만, 나중에 번역된 내용을 들었기 때문이다." 아직 프랑스어를 몰라서 알아듣지 못한 내용을 설명하고 정당화하는 과정에서 화자 루시는 불투명성을 더욱 증폭시킬 뿐이다. 나중에 누가 이걸 번역했던 것일까? 폴이 직접 했을까? 다른 사람일 가능성은 없어 보인다. 그러나, 폴이라고 해도 이는 독자가 전혀 알 수 없는 불투명성의 영역이다. 이것은 보고를 보류하거나 지연시키는 게임의 일부로, 베크 부인이 학교를 운영하는 주된 방법인 염탐 행위와 꼭 닮은 거울 이미지로 볼 수 있다. 소설은 그러한 행위를 비판하면서도 나름의 방식으로 모방한다.

베크 부인의 기숙학교에서 보낸 첫날 밤, 루시는 베크 부인이 잠옷 차림으로 방에 들어와 루시의 소지품을 철저히 검사했다는 것을 알았다. 부인은 옷 주머니를 샅샅이 뒤지고, 지갑의 돈을 세고, 트렁크·책상·업무용 상자의 내용물을 검사하고, 심지어 (루시의 추측이지만) 열쇠를 가져가 밀랍으로 본을 떠 복사한다. 루시는 이 모든 것이 "매우 비영국적"이라고 결론짓는다. "'감시,' '염탐'이 그녀의 좌우명이었다." 베크 부인은 소리가 나지 않는 슬리퍼를 신고 "유령처럼 집 안을 활보하며 온갖 곳을 감시하고 염탐한다. 열쇠 구멍을 죄다 들여다보고, 문마다 귀를 대곤 했다." 나중에 침실로 들어가려다가 또다시 옷장을 샅샅이 들여다보는 베크 부인을 보고 멈칫하지만, 루시는 아무것도 하지 않기로 결심한다. 베크 부인이 조용히 일을 끝내도록 놔두고 아무 말도 하지 않는다. 빌레트의 감시 체제에 동참하지 않았지만, 루시는 적어도 그 존재와 그 필요성을 인정한 셈이다. 염탐과 위장은 어디에나 있다. 독실한 개신교 신자인 루시는 숨길 것이 하나도 없다고 주장하지만, 빌레트에서 솔직하게 말하거나 행동하는 사람은 거의 없다.

긴 방학 동안, 루시는 철저한 고독 속에서 절망에 빠진다. 그녀는 해질 무렵 일어나 학교를 나와 구시가지에 있는 성당으로 가서 고해성사를 한다. 루시가 신부에게 말한 첫 마디는 이렇다. "신부님, 저는 개신교 신자입니다." 이어지는 장면은 이 소설이 지닌 서사적 복잡성의 핵심이다. 신부는 어떻게 대답해야 할지 난감해한다. 루시가 가톨릭 신자였다면 수녀원 생활에 참여시켰을 것이라고 말한다. 어쨌든 루시가 신부를 방문했다는 사실은 그녀가 "참된 신앙"으로 개종할 준비가 되었다는 뜻이다. 신부는 지금은 집에 돌아가고 다음 날 자기 집에 혼자 오라고 말한다. 그렇게 하면 안된다는 사실을 루시는 안다.

만약 내가 정해진 시간과 날짜에 마쥬가 10번지를 방문했다면, 지금쯤 이 이단적인 이야기를 쓰는 대신 빌레트의 크레시 대로에 위치한 카르멜 수녀원에 갇혀 묵주를 세고 있었을지도 모른다.

이처럼 수세기 동안 가톨릭 교리와 영혼 관리의 핵심인 고해성사는 루시가 "이단적 서사"라고 부르는 글과 대조를 이룬다. 이단적 서사는, 개신교를 고집하고 로마교회에 반대할 뿐만 아니라 그 형식 자체가 이단적이라는 뜻이다. 이단적 서사는 어떤 삶, 특히 내면적 삶을 1인칭으로 서술하는 고백의 형식이지만, 직접적인 고백을 피하기 위해 전력을 다한다. 그 대신 회피와 침묵을 고집하고, 고해성사처럼 직접 귀에 대고 말하는 것을 거부한다. 그럼으로써 사생활과 항의의 권리를 보호하는 문자화된 서술을 추구한다. "당신은 누구죠?"라는 지네브라의 질문에 루시는 대답 대신 유예를 내놓는다. 즉, 본인의 욕망과 신념을 직접적으로 말하지 않고 오히려 누구에게도 의존하지 않고 교리로부터 벗어나 자유를 지키려는 "이단적인" 설명적 서사를 제시한다.

성당을 떠난 루시는 격렬한 폭풍이 몰아치는 구시가지 거리에서 실신한다. 그 후 그녀가 그레이엄 브레튼에 대한 에로틱한 감정을 발견하고 억압하면서 소설은 새로운 국면에 접어든다. 그녀는 "자연적인 성격, 선천적으로 강한 경향과의 투쟁"을 묘사하는데, 이는 무익해 보일지 모르지만 적어도 "더욱 정돈되고 안정적이며, 겉으로 더 평온한" 성격을 만든다. "사람들은 표면에만 시선을 둔다." 그리고 "그 아래는 하나님께 맡겨라." 신에게 직접 하는 고백이 아니면 고해성사는 하지 말라는 뜻이다. 이는 사제가 아닌 신에게 직접 말해야 한다는 일반적인 개신교의 입장일 뿐만 아니라 루시의 내러티브 전체를 뒷받침한다.

하지만 루시의 섬세한 의식이 외부 세계를 모두 안다는 보장은 없다. 루시는 폴을 독점하고픈 베크 부인이 몰래 탄약을 먹고 공원 축제에서 흥분 상태에 빠진다. 클라이맥스에 해당하는 이 환각 장면은 여러 가지 발견으로 이어지는

데, 이는 더 많은 감각의 오류를 일으킨다. 이러한 오류는 나중에 폴이 포부르 클로틸드(루시가 교장으로 부임하는 새로운 학교)로 루시를 데리고 가 그곳에서 청혼할 때 비로소 수정된다. 그러나 소설은 행복한 결말로 끝나지 않는다. 에마뉘엘은 3년 체류 예정으로 과들루프에 가야 한다. "그리고 이제 3년이 지났다. 에마뉘엘의 귀국이 확정되었다." 그런데 이 "이제"에는 시간적인 표시가 없다. 루시가 서술하는 시점일까? 그런 다음 대서양에서 7일간 큰 폭풍이 일어나 폴이 탄 배를 비롯해 많은 배들이 파괴되었다는 보도가 나온다. 그러나 루시는 수사적 미사여구를 통해 그 결과를 독자의 상상력과 선택에 맡긴다고 말한다. 여기서 루시는 화자로서의 지위를 버린 것처럼 보인다. 이야기의 결말을 당연히 알아야 하는데도, 앎을 포기한 듯이 보이기 때문이다.

화자로서 루시는 독자가 정확하게 파악하기 어려운 모호한 인물일 뿐만 아니라, 때로는 노골적으로 독자를 속이기도 한다. 그러나 그러한 불명료성은 꼭 필요한 것일지도 모른다. 가령 "노처녀"라는 단어는 미리부터 어떤 한계를 설정하는 고정적 개념으로 루시의 모호성을 감소시키고 정체성을 고착화하기 때문이다. 불명료성은 루시의 자유를 위한 전제 조건이다.

나는 《빌레트》를 프루스트나 포크너의 작품처럼 권위적

서술을 거부하는 소설의 시초로 본다.《빌레트》의 모호하고 불안정한 화자는 불확실성과 불안정성을 이야기와 스토리텔링, 그리고 자기 인식의 원리로 만든다. 아마도 무지無知(제임스의《정글의 짐승》과 라파예트의《클레브 공작부인》를 논할 때 언급한 단어)가 이와 유사한 용어일 것이다. 미지의 영역, 결코 알 수 없는 영역은 서사적 지식을 탐구하게 만드는 원동력이다. 지네브라의 "스노우 씨, 당신은 누구죠?"라는 질문은 적절한 답을 얻지 못한다. 그 이유는 정답이 없기 때문이다. 인물은 그렇게 안정적이지 않다. 그리고 루시가 자신이 누구인지 알려고 하고 말하려고 한다 해도, 새로운 질문만 생길 뿐이다. 이야기와 화자는 서로를 빙빙 돌다가 불확실한 결과에 도달할 뿐이다. 그러나 그 불확실성은 다른 소설의 깔끔한 결말보다 더 정직하고 독자의 경험에 부합한다.

말하자면《빌레트》는 줄거리에 의존하고 서사적 의미의 구조적 결말을 지향하는 전통적 서사에 저항하면서, 편집되지 않은 날것의 이야기가 훨씬 더 순도 높은 진정성을 가진다고 주장하는 수많은 소설의 선구자 격이다. 예를 들어 1950년대와 60년대의 프랑스 "신소설"과 현재의 "자서전소설"은 존재의 유동성에 맞지 않는다는 이유로 표준적인 소설적 구조와 장치를 거부한다. 그러나 샬럿 브론테 또는 레이첼 커스크, 쉴라 헤티 같은 현대 소설가에게서 발견되는 질서 정연한 형식에 대한 저항은, 사실 돈키호테부터 디킨스와 플로베르, 프루스트를 거쳐 현대에 이르기까지 소설의 전 역사에 걸쳐 이미 있었던 것이다. 형식과 무형식 사이에는 끊임없는 갈등이 존재한다. 소설은 일시적이고 혼란스러운 인간 삶의 흐름 속에서 형식을 만들고, 시간적 경험 위에 읽을 수 있는 구조를 부과하기 위해 고군분투하지만, 결국 패배를 인정한다.

발터 벤야민의 에세이 〈이야기꾼〉은 《빌레트》를 다루면서 내가 설명한 이야기하기의 어려움에 대해, 그리고 내가 제기한 질문(문자화된 텍스트는 구전 스토리텔링과 어떻게 연관되는가)에 대해 또 다른 통찰을 제공한다. 〈이야기꾼〉은 구전문학과 인쇄된 소설을 대비시킨다. 이야기는 일과 여행과 무역이라는 환경에서 생생하게 살아난다. 작업장에서 이루어지는 구두 거래 또는 집으로 돌아온 여행자의 모험담과 같다. 특히 이야기는 한 사람이 다른 사람에게 삶의 경험을 전달하는 필수적인 교환 행위를 포함한다. 벤야민은 이야기꾼의 개성이 "도공의 손 흔적이 점토 그릇에 달라붙는 것처럼" 이야기에 달라붙는다고 말한다.[13] 이야기는 압축적이며, 설명을 배제하는 "순도 높은 간결성"을 가진다. 이야기는 삶과 일의 리듬 속에서 펼쳐진다. 이야기는 인간적인 조언을 제공하며, 벤야민이 말하는 "지혜"를 전달한다.

그러나 스토리텔링은 점점 사라지고 있으며, 발자크가 《여성에 대한 또 다른 연구》에서 묘사한 것처럼 이야기꾼을 중심으로 모인 청중 공동체에서 생겨나는 경청의 기술도 함께 사라진다. 이제 경험의 소통 가능성 자체를 잃어버릴 위험에 처했다. 오늘날 우리는 경험을 공유하는 방법을 알지 못한다. 벤야민은 제1차 세계대전과 그 여파로 인한 충격이 이와 같은 상태를 초래했다고 보았다.

말이 끄는 마차를 타고 학교에 다녔던 세대는 탁 트인 하늘 아래 변한 것이라고는 오직 구름뿐인 풍경 속에 살아간다. 그리고 그 아래 파괴적인 흐름과 폭발이 교차하는 곳에 작고 연약한 몸만이 서 있을 뿐이다.

벤야민은 스토리텔링은 고급 예술이 아니라 공예, 즉 "수공예"라는 니콜라이 레스코프(에세이의 표면적 주제)의 주장을 인용하면서, 마리 모니에의 정교한 자수(무한한 인내의 산물이자 느긋한 속도로 도달한 완벽한 경지)에 대한 폴 발레리의 명상을 떠올린다. 발레리는 "이제 시간이 중요하지 않던 시대는 지났다"고 말한다. "오늘날에는 아무도 빨리 만들 수 없는 것을 배우려 않는다." 그리고 나서 벤야민은 교묘하게 논의를 바꾸어, 이러한 인내와 끈기로 만든 수공예품의 상실이 "영원에 대한 관념"이 사라진 현상에 비견된다고 말한다. 이는 곧 "죽음에 대한 관념이 집단의식 속에서 설득력과 직접성을 상실"했음을 시사한다. 죽음은 더 이상 공적인 것이 아니며, 그 과정에서 권위를 상실했다. 그런데 사실 죽음이야말로 "이야기의 근원에 자리한" 권위 그 자체다.

이제 벤야민은 자신의 에세이에서 가장 핵심적인 주장을 제시한다. "죽음은 이야기꾼이 말하는 모든 것을 승인한다. 죽음은 그에게 권위를 부여한다." 이 죽음의 권위는 소설과 대조를 이룬다. 소설은 게오르크 루카치의 《소설의 이론》에 나오는 탁월한 문구로 표현하자면, "초월적 실향失鄕의 형식"이다. 루카치에 따르면, 소설은 영웅의 삶에 의미가 깃들어 있는 서사시와 대조적이다. 서사시에서는 의미가 삶에 내재적이지만, 소설은 그렇지 않다. 소설에서 "의미는 삶과 분리되어 있으며, 따라서 본질은 시간으로부터 분리되어 있다. 소설의 모든 내적 행위는 시간의 힘에 대항하는 투쟁에 지나지 않는다고 말할 수 있다." 사실 루카치는 소설에서 시간성의 핵심적인 역할을 강조한다.

새뮤얼 리처드슨의 《클라리사》부터 디킨스, 발자크, 브론테, 도스토옙스키, 조지 엘리엇의 대작들을 거쳐 헨리 제임스와 프루스트에 이르기까지, 소설이라는 장르를 가장 잘 정의하는 소설들은 대개 길이가 길다. 시간의 흐름에 따라 그 의미가 전개되어야 하기 때문이다. 즉, 시간이 지나면서 사람들은 나이가 들고, 실수를 저지르고, 결정을 후회하고, 새로운 동반자를 선택하고, 삶에 대해 무언가를 배운다. 우연한 일이지만, 이 때문에 루카치는 플로베르의《감정 교육》을 소설 중의 소설로 본다. 이 소설은, 주인공 프레데릭과 그의 친구 데로리에가 그들에게 남은 유일한 쾌락인 젊음을 "발굴"하기 위해 노력하다가 시간과의 투쟁에서 의미를 얻지 못해 결국 그 실패에 대한 이야기를 통해 보상받고자 하는 과정을 그린 소설이다. 루카치는 "오직 소설에서만 기억은 사물에 영향을 주고 사물을 변화시키는 창조적인 힘으로 작용한다"고 주장한다.

여기서 벤야민은 루카치가 이야기와 소설의 근본적인 차이를 밝히고 있다고 본다. 이야기에는 "이야기의 교훈"이 있지만, 소설의 핵심은 "삶의 의미"다. 이야기를 듣는 사람은 이야기꾼과 함께 있지만, 소설을 읽는 사람은 "다른 어떤 독자보다 더 고독한" 존재다. 소설의 독자는 소설을 전유한다. 즉, "벽난로 불이 통나무를 태우듯 책의 내용을 삼켜 버린다." 독자가 소설에서 찾는 것은 자기 삶에서는 찾을 수 없는, 삶에 의미를 부여하는 죽음에 대한 앎이다. 죽음의 의미가 분명해지는 것은 삶이 끝나는 순간이다. 소설적 인물의 죽음에 대해 벤야민은 다음과 같이 주장한다. "이 낯선 이의 운명을 불태우는 불꽃은 우리 자신의 운명과는 달리 우리를 따뜻하게 한다. 독자가 느끼는 소설의 매력은 우리가 읽는 삶의 불꽃으로 추위에 떠는 우리 자신의 삶을 따뜻하게 만들 수 있다는 희망이다."

결말에 의존하는 소설은 생생하게 지혜를 전달하는 이야기와 대조적이다. 소설은 이야기하는 사람과 듣는 사람 사이의 공통점이 무너진 시대(넓게 말해서, 현대)의 산물이다. 그 대신, 소설은 이야기를 듣는 고독한 개인에게 사회성의 환영을 보여 준다. 소설은 죽음의 의의를 통해 삶의 의미를 조명함으로써 또 다른 형태의 지혜를 제공한다. 전통적인 소설은 죽음의 순간을 중시한다. 클라리사 할로의 교훈적 결말("오 죽음이여! 그대의 독침은 어디 있나?"라는 외침), 발자크의 《고리오 영감》에서 딸들의 배신, 가족과 사회의 붕괴를 힐난하는 고리오의 마지막 폭언, 그리고 제임스의 《비둘기의 날개》에서 자신을 속인 머튼 덴셔를 용서한 밀리 실 등을 예로 들 수 있다. 삶에서 죽음으로 전환되는 순간, 한 세대에서 다른 세대로 넘어가는 전환의 순간은 일종의 지혜가 전달되는 순간이자 삶에 대한 최종적인 요약을 제공하는 순간이다.

"임종 선언"("죽을 때 사람은 거짓말을 하지 않는다nemo moriturus praesumitur mentire")이라는 아주 오래된 법적 원리는 오늘날의 법률에도 여전히 그 흔적이 남아 있다.[14] 이 원리는 17세기 후반에 등장한 음울한 문학 장르인 이른바 "뉴게이트 전기Newgate Biography"를 지배한다. 이 고백 서사는 뉴게이트 감옥에서 종교 활동을 담당하는 교목校牧이 타이범Tybum 교수대에서 처형될 죄수들의 구술을 받아 적어 소책자로 출판했다. 6펜스짜리 이 소책자는 꽤 잘 팔려서 교목의 봉급에 큰 보탬(대략 200파운드)이 되었다. 이 장르는 1676년부터 1772년까지 약 100년 동안 인기를 누렸으며, 대략 2,500개의 사형수 이야기를 제공한다. 첫 페이지에는 다음과 같은 제목이 적혀 있다. "타이범에서 처형된 / 여섯 악당의 / 행실, 고백, 유언을 담은 / 뉴 게이트 교목의 기록 / 1751년 11월 11일 월요일 / 존경하는 토머스 윈터바텀 / 런던 시장 귀하의 재임 중 첫 번째 처형."

이 선정적이고 도덕적인 이야기는 점점 범죄에 빠져드는 평범한 사람들의 이야기를 담고 있다. 가령, 게으른 도제가 스승의 물건을 훔치거나 집에 불을 지르는 식이다. 이 이야기들은 올드 베일리|런던 중심부에 있는 중앙형사재판소|에서 유죄판결을 받는 순간부터 사형이 집행되는 순간까지의 과정을 다루는데, 후회와 종교적 신앙의 표현을 면밀하게 살피고, 특히 최후의 순간에 이루어지는 신앙고백에 주목한다. 이야기는 때로는 1인칭 서술로, 때로는 간접적인 요약 서술로 제시된다

("그는 이렇게 말한다…"). 그러나 이 모든 것은 영국 교회의 대표이기도 한 이 전문적인 전기작가에게 "전달된" 이야기다.[15]

이 고백은 오늘날 구금 심문(경찰이 용의자–범인의 말을 다시 당사자에게 들려준다)을 통해 작성된 자백과 유사하다. 1인칭으로 서술된 경우에도 전언과 같은 성격을 띨 수 있다. 물론 이 이야기들이 인기를 얻은 것은 그 안에 담긴 극악무도한 범죄와 깊은 관련이 있다. 이 이야기들은 경건함을 장려하면서도 빅토리아 시대의 고딕소설과 싸구려 선정소설 penny dreadfuls을 예고한다.[16] 무엇보다도 이 이야기들이 강조하는 것은 최후의 순간(범죄자가 어떤 행동을 했는지, 무엇을 고백했는지, 죽을 때 무슨 말을 했는지)이다. 이 이야기들은 삶에서 죽음으로 넘어가는 순간과 그 최후의 순간으로부터 어떤 계몽적 교훈이 도출될 것인가 하는 문제에 지속적인 관심을 표명한다.

죽음이 서사를 "승인"한다는 벤야민의 주장은 죽음의 순간이 진실을 말하는 순간이라고 믿는 전통에 맞닿아 있다. 그와 동시에, 벤야민은 이야기를 읽는 행위가 삶에서 우리가 가질 수 있는 유일한 **의미 있는** 경험이라는 프루스트의 견해에 동의한다. 플로베르의 《감정 교육》 마지막 장면에 나타나듯이, 이야기는 삶을 이긴다. 기억은 많은 것을 변화시킨다. 하지만 이는 뼈아픈 지식이다. 그래서 우리는 스토리텔링의 생생한 소통을 되찾고 싶은지도 모른다. 이 지점에서 벤야민은 상실과 그것이 제공하는 통찰의 균형을 절묘하게 잡아 주는 섬세한 향수를 보여 준다. "스토리텔링의 기술은 종말을 맞이하고 있다. 진실의 서사시적 측면, 즉 지혜가 사라지고 있기 때문이다." 그러나 그는 "이 현상이 전혀 새로운 것이 아니다"라고 덧붙인다. 이 현상을 "쇠퇴의 증상" 또는 "현대적" 현상으로만 간주하는 것은 매우 어리석은 일이다. 오히려 그것은 살아 있는 말의 영역에서 이야기꾼을 제거하는 동시에 사라진 것에서 새로운 아름다움을 볼 수 있게 만든 생산성이라는 세속적 힘의 부작용이다. 스토리텔링에 관한 발자크의 이야기(그리고 다른 19세기 작가들의 이야기)에서 우리는 스토리텔링의 힘을 확인할 수 있다. 그와 동시에 "생산성이라는 역사적 세속적 힘"이 초래하는 변증법적 향수를 느낄 수 있다.

벤야민은 이제는 구술문화가 문자문화를 통해서만 보존될 수 있다는 점을 잘 이해하고 있다. 그는 레스코프가 구술문화의 정교한 모방을 보여 주는 예시임을 분명히 알고 있다. 벤야민은 진지하면서도 전략적으로 소설보다 구전설화를 선호한다. 이를 통해 그는 사라져 가는 것에서 아름다움을 발견하고, 루카치와 더불어 소설이 왜 다른 모든 장르를 집어삼킨 현대의 장르가 되었는지 주장할 수 있게 되었다.

벤야민은 1930년 알프레드 되블린의 《베를린 알렉산더 광장》을 분석한 논문에서 소설 읽기에 대한 주장을 개진한다. "소설가는 침묵 속에 침잠한 고독한 개인이다. 소설의 발생은 고독 속의 개인이다. 그는 이제 자신의 가장 중요한 관심사에 대해 모범적으로 이야기할 수 없으며, 그에게 조언할 사람도 없고 그가 조언해 줄 사람도 없는 고독한 개인이다." 소설이 우리의 독서에서 차지하는 "비중"은 "실로 엄청나다."

이 주장은 우리 자신을 이해하고 타인을 해석하는 소설의 새로운 임무를 거부할 수 없다는 인식을 암시한다. 이제는 소설로부터 벗어날 방법은 없다. "이야기꾼"이 루카치의 《소설의 이론》에 빚지고 있다는 사실은, 벤야민이 서사시와 구전문학에 대해 어떤 향수가 있더라도 그 향수는 문자문학의 맥락에서 이해되어야 한다는 것을 명백하게 보여 준다. 그래서 그는 1933년 출간 25주년을 맞은 아널드 베넷의 《늙은 부인들의 이야기》를 이렇게 극찬한다. "[소설이] 제공하는 모든 선물 중에서 가장 확실한 선물은 종말이다. 소설은 우리에게 낯선 사람의 운명을 묘사하기 때문이 아니라, 그 낯선 사람의 운명을 태우는 불꽃이 우리를 따뜻하게 해 주기 때문에 중요하다. 독자를 소설에 계속해서 끌어들이는 것은 죽음으로 추위에 떠는 삶을 따뜻하게 하는 소설의 신비한 능력이다." "조언"이 부재한 황량한 시대에, 소설은 종말을 이해하게 함으로써 우리에게 따뜻함을 선사한다.

스토리텔링은 공적 세계에서 무분별하게 남용될 경우 그 가치가 저하될 위험이 있다. 1장에서 언급했듯이, "이야기"는 정치적 유행어와 기업 브랜딩의 궤도에 진입했다. 미디어는 마치 이야기만이 서구 문명에 남은 유일한 설명 형식인 것처럼 곳곳에서 이야기를 찬양한다. 이처럼 서구문화가 이야기를 찬양하는 무분별한 홍보로 포화 상태가 된 까닭에, 문학적 전범典範(대체로 문화적 합의를 거부한 작품들)을 경유한 벤야민의 풍부하고 날카로운 문화 분석이 더 절실하게 필요하다. 이야기가 어떻게 전달되는지, 이야기가 듣는 사람에게 어떤 영향을 끼치는지에 대한 비판적 관심은 정치, 법률, 그리고 국가와 개인의 "정체성" 내러티브에 그 어느 때보다 중요하다.

서사의 수사학과 그 설득 효과를 이해하지 못하면 국가에 문제가 발생한다. 벤야민은 사라져 가는 이야기와 듣기의 기술을 분석하면서 다른 형태의 서사, 아니 모든 형태의 서사가 자기 이해에 중요한 까닭에 반드시 분석적으로 연구되어야 한다는 점을 분명히 주장한다. 그는 에세이를 다음과 같이 마무리한다. "이야기꾼을 통해 의로운 사람은 자기 자신과 만난다." 매우 예언자적인 진술이다. 그러나 전반적으로 그의 에세이는 단순한 의미의 의로움을 넘어, 소설이 가장 강력한 힘을 발휘했을 때 사는 게 무엇인지, 삶을 살았다는 것이 무엇인지, 삶을 구축한다는 것이 무엇인지 그 의미를 가장 잘 이해하게 해 준다는 점을 설득력 있게 보여 준다.

여러 페이지에 걸쳐 벤야민을 거론한 이유는, 그의 주장에 왜곡과 오류가 있다 해도 이야기든 소설이든 서사의 핵심을 누구보다도 탁월하게 짚고 있기 때문이다. 서사는 삶에 대해 우리가 아는 지식을 전달하고, 시간 속에 놓인 삶을 형태와 의미를 지닌 어떤 것으로 만드는, 우리가 가진 최고의 담론적·분석적 도구일지도 모른다. 루시 스노우의 자전적 서사는 다른 사람들이 무시하고 폄훼하는 자아의 의미를 되찾으려는 사람의 모습을 너무나 생생하게 보여 주는 사례다. 루시의 "이단적 서사"는 모든 것을 단순화하려는 개념들과 거리를 유지하려면, 자기주장을 내세워야 할 뿐만 아니라 은폐와 간접 표현도 필요함을 보여 준다.

발자크와 사키가 보여 준 서사적 교환 장면들은 경험을 전달하려면 서사가 필요하다는 점을 증명한다. 법률적 절차에서 전달되고 재전달되는 이야기처럼, 이 사례들은 설득력 있는 이야기를 찾아 전달하는 것이 결코 쉬운 일이 아님을 주장한다. 이는 곧 서사를 연구할 분석 도구가 중요하다는 의미다.

❹

허구적 존재의 유혹

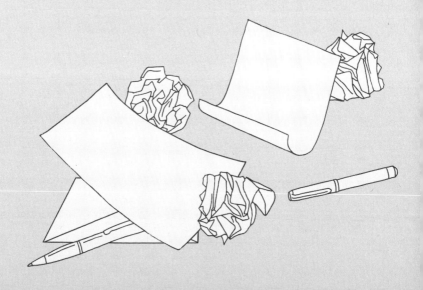

왜 우리는 허구적 존재와의 관계에 그토록 많은 시간과 감정적 에너지를 투자할까? 엠마 우드하우스와 엠마 보바리의 열망, 오류, 내적 괴로움, 색정적인 공상이 왜 그렇게 중요한 걸까?

소설을 펼쳤을 때 만나게 될 인물들이 "진짜"가 아니라는 것을 독자도 안다. 그럼에도 불구하고, 우리는 그들을 만나고 싶어 하고 그들에게 많은 감정을 투여한다. 그들을 존경하고 비판하고, 그들이 겪는 감정의 진폭을 예측하고 그들의 실패를 두려워하고 그들의 성공을 간절히 바란다. 리처드슨의 《클라리사》와 《파멜라》를 읽으며 몰입하는 드니 디드로의 모습은 전형적이다. "처음 극장에 가 본 아이처럼 큰 소리로 울지 않은 적이 몇 번이나 있을까? **그를 믿지 마라, 너를 속이고 있다. 거기 가면 정신을 못 차릴 것이다.** 내 영혼은 끊임없이 동요했다."[1]

디드로는 이것이 독자가 허구적 인물 및 그 인물이 처한 상황과 자신을 동일시하는 극단적인 사례임을 인식한다. 그러나 소설을 읽다가 흔한 말로 "꽂히는" 모든 독자의 반응은 그보다는 더 차분하고 누그러진 형태일지라도 거의 유사하다. 비현실적인 인물들과 그 인물들이 처한 딜레마는 우리에게 매우 중요하다. 심리학자 폴 해리스는 우리가 이미 알고 있는 사실, 즉 소설이 허구일지라도 감정을 불러일으킨

다는 사실을 재확인한다.[2]

창조된 인물은 우리가 필요로 하는 감정의 그릇이다. 아이들의 놀이에 등장하는 가상의 어머니, 아버지, 형제자매처럼 소설 속 상상의 인물은 읽는 사람의 욕망, 감탄, 공포로 채워진다.

우리는 이 인물들이 실제로는 글로만 존재한다는 사실을 처음부터 알고 읽는다. 아방가르드 비평이 문학적 인물을 없어도 되는 19세기의 잘못된 환상이라고 일축하던 시절이 있었다. 나는 소설을 가르칠 때 항상 학생들에게 그런 환상에서 한 발 물러나 언어가 어떻게 구성되는지 살펴보라고 말한다. 그러나 환상에서 벗어나 인물을 언어 구조로 바라볼 때조차도 우리는 인물의 매력과 필요성을 발견한다. 최근 비평계에서 인물에 대한 관심이 다시 살아나고 있다(물론 인물을 어떻게 다루어야 할지 아직 확실한 것은 없다).[3]

인물에 대해 이야기하는 것은 쉽지 않다. 한 가지 방법은 좋아하는 작품 속 인물이 영화·텔레비전 각색물을 통해 눈앞에 실물로 등장할 때 어떤 일이 일어나는지 살펴보는 것이다. 우리 모두 그런 경험이 있다. "저건 아닌데. 엘리자베스 베넷, 제이 개츠비를 소설로 읽을 때 내가 그렸던 모습과 완전히 달라." 반대로, 영화가 우리가 상상했던 인물의 모습을 너무 잘 포착해서 그 인물의 이미지를 완전히 장악해 버리는 경우도 있다. 그러나 그렇게 완벽한 재현이 흔하지는 않다. 시각적 이미지는 심한 배신감은 아니더라도 어떤 불협화음을 일으키기도 한다. 예를 들어, 나는《보바리 부인》을 각색한 괜찮은 작품을 본 적이 없다. 엠마 보바리는 몽상과 환상, 전혀 다른 곳에서 다른 사람이 되고 싶은 욕망의 산물이기 때문에 문자 그대로 재현하기가 매우 어려울 수 있다. 독자가 보기에 그녀의 장점은 부분적으로는 살과 피를 가진 존재로서 일관성이 없다는 것이다. 엠마는 이해, 공감, 판단의 문제를 해결하기보다는 오히려 문제를 일으키는 편이다. 우리는 이미지보다 언어적 구성물을 선호하기 때문에 상상의 작용을 더 잘 이해하고 싶어 한다.

허구적 인물에 대한 우리의 느낌은 정신적·감정적 구조물이다. 시각적 요소가 있지만 놀이와 몽상의 영역 속에 존재한다. 인물은 영화와 같은 좀 더 시각적인 매체로 구현한다고 해서 반드시 제대로 표현되었다고 볼 수 없는 창조적 환상이다. 소설 속 인물의 작동 방식에 대한 프루스트의 설명은 섬세하고도 유용하다.[4]《잃어버린 시간을 찾아서》에는 어린 마르셀이 정원 전망대에서 소설을 읽는 장면이 나온다. 몰입해서 소설을 읽을 때 독자인 마르셀과 외부 세계 사이에는 일종의 밝고 투명한 장막이 만들어진다고 묘사되어 있다. 그런데 이 장막은 곧 지워지고 더 현실적인 허구적 세계가 장악한다. 프루스트에 따르면, 허구적 인물을 창조함으로써 우리는 다른 눈으로 삶을 경험하는 능력을 얻는다. 이는 수백 페이지가 지난 후에 더욱 강력한 공상으로 이어진다.

유일한 진짜 항해, 젊음의 샘물에서 목욕하는 유일한 방법은 낯선 땅을 여행하는 것이 아니라 다른 눈을 소유하는 것, 다른 사람의 눈으로 우주를 보는 것, 백 명의 눈으로 우주를 보는 것, 각 사람이 보는 백 개의 우주를 보는 것, 각 사람이 하나의 우주인 그런 우주를 백 개 보는 것, 이 모든 것을 우리는 엘스티르와 뱅퇴유과 함께 할 수 있으며, 이들과 함께 우리는 진정 별에서 별까지 날아다닐 수 있다.[5]

프루스트의 소설에서 가상의 화가 엘스티르와 가상의 작곡가 뱅퇴유의 창작물은 세상에 대한 다른 시각의 가능성을 정확하게 포착한다. 그리고 우리는 이를 통해 다른 존재가 된다는 것이 무슨 의미인지 간접적으로 체험할 수 있다.

《스완의 길》의 정원에서 책을 읽는 장면으로 돌아가 보자. 할머니가 집에 있기에는 날씨가 너무 좋다고 해서 마르셀은 밖에 나가 책을 읽는다. 여기서 우리는 인물에 대한 프루스트의 가장 핵심적인 주장을 발견한다. 화자에 따르면,

이 책에 등장하는 인물들은 상상력이 부족한 가정부 프랑수아즈의 표현에 따르면 "진짜"는 아니다.

그러나 우리가 어떤 사람이 실제로 느끼는 기쁨이나 불행을 통해 경험하는 모든 감정은 그 기쁨이나 불행의 이미지라는 매개체를 통해서만 생성된다. 초기 소설가의 독창성은, 이미지가 감정이라는 기관의 유일한 필수 요소이므로 실제 인간을 완전히 제거하는 단순화의 과정을 통해 결정적인 향상이 이루어지리라는 점을 이해했다는 데 있다. 실제 인간은 우리가 그 사람에게 아무리 깊이 공감하더라도 상당 부분 우리의 감각을 통해 인식된다. 다시 말해, 실제 인간은 여전히 불투명한 존재로 남아 있으며, 우리의 감수성으로는 파악하기 힘든 난제다. 소설가의 행복한 발견은 영혼이 이해할 수 없는 [실제 인물의] 이러한 부분을 동일한 양의 비물질적 부분, 즉 우리 영혼이 충분히 소화할 수 있는 부분으로 대체한다는 생각을 가졌다는 것이다. 이 새로운 피조물의 행동과 감정이 우리에게 진짜로 보이는 이유는, 우리가 그 행동과 감정들을 우리의 행동과 감정으로 삼았기 때문이며 그러한 행동과 감정이 우리 안에서 발생하기 때문이다. 만약 그러하다면, 우리가 열성적으로 책을 읽을 때 작품 속 인물들이 우리의 호흡을 빠르게 하고 시선을 강렬하게 사로잡는다고 해서 무엇이 문제란 말인가?[6]

이렇게 허구를 사는 것은 마치 꿈을 꾸는 것과 비슷하지만, 꿈보다 훨씬 더 명료하다. 이를 통해 우리는 인생을 살면서 몇 년에 걸쳐 서서히 배우는 것(또는, 삶의 심오한 변화가 너무나 느리게 진행되어 우리가 그 변화를 인지하지 못하는 까닭에 삶에서는 절대로 배울 수 없는 것)을 단 몇 시간 만에 배우게 된다. 마음은 변하기 마련이고, 그것이 인간의 가장 큰 슬픔이다. 우리는 독서를 통해서만 그러한 변화를 알 수 있다.

프루스트에 따르면, 삶은 허구를 통해서만 이해될 수 있다. 삶 그 자체는 맹목적이다. 허구만이 시간의 흐름 속에서 사라질 수 있는 의미를 복구할 수 있다. 그리고 그러한 작업에 허구적 존재는 매우 중요하다. 허구적 존재의 눈을 빌려 시간적 변화의 의미를 파악할 수 있기 때문이다. 프루스트는 허구를 통해서 삶에서는 알 수 없는 죽음의 의미를 알려고 한다는 벤야민의 주장을 예견한다. 프루스트에게 이를 가능하게 하는 것은 무엇보다도 허구적 인물들이다.

비평가 캐서린 갤러거에 따르면, 소설의 인물은 바로 그 허구성으로 인해 현실을 표상할 수 있다.[7] 사실 중요한 것은 "표상"이다. 허구적 인물은 잘 읽힌다. 달리 말해서, 허구적 인물은 현실에서는 알 수 없는 것을 알 수 있게 해 준다는 말이다. 프루스트가 상상한 "최초의 소설가"는 "현실의 인간"을 지움으로써 우리의 마음과 감정을 확장하고, 우리 주변 세계를 근본적으로 다른 방식으로 볼 수 있게 한다. 다른 눈을 통해 세상을 바라보면 우리는 변화한다. 현실의 자아가 도리어 가상적으로 바뀐다.

광학光學은 《잃어버린 시간을 찾아서》 전반에 걸쳐 매우 중요하다. 타인의 눈은 매혹이기도 하고 좌절이기도 하다. 마르셀이 알베르틴을 처음 본 순간을 예로 들어 보자. 그녀는 발벡의 노르망디 마을 인근 바닷가에 옹기종기 모인 여자아이들 사이로 자전거를 타고 나타난다. 그는 그녀의 외모에 매료되고 그녀의 눈에 초점을 맞춘다.

그 소녀의 눈이 반짝이는 운모 조각에 불과하다면, 독자는 그녀의 삶을 알고 싶거나 그녀의 삶이 우리의 삶과 연관되기를 그토록 강렬하게 원하지 않을 것이다. 그러나 그 둥근 눈에서 빛나는 것이 있다면 그것은 물질적 구성 때문만은 아니다. 그것은 (우리는 알지 못하지만) 이 존재가 만나는 사람 및 사물과 관련하여 만들어진 관념들의 검은 그림자다. 가령 경마장의 잔디, 페르시아 낙원보다 더 매혹적인 작은 자전거, 들판과 나무 사이로 그 자전거가 달렸던 길바닥의 모래, 그리고 그녀가 돌아갈 집의 그림자, 그녀가 마음에 품은 계획, 다른 사람들이 그녀에 대해 갖고 있는 생각들, 특히 그녀의 욕망, 공감, 혐오, 분명하지 않지만 끊임없는 의지. 나는 그녀의 눈 속에 담긴 것을 갖지 않는 한, 자

전거를 탄 그녀를 갖지 못하리라는 걸 안다.[8]

운모 조각 뒤에 어떤 의식이 있다는 것, 누군가가 그 조각을 통해 우리를 보고 있다는 것, 그것이 바로 열망과 고통의 근원이다. 우리는 그 눈 뒤에 거처를 마련할 수 있기를 원하고, 그 눈이 아는 모든 것을 하루아침에 세세하게 알 수 있기를 원한다. 다른 사람의 인생을 자신의 인생으로 만들고자 하는 고통스럽고 불가능한 욕망은 바로 여기에서 시작된다. 이 계획은 천여 페이지에 걸쳐 펼쳐진다. 알베르틴은 마르셀에 의해 죄수처럼 파리의 아파트에 감금당하는데, 탈출해서 도망가다가 결국 죽음을 맞이한다. 마르셀과 알베르틴의 만남은 타인을 소유하는 것이 불가능하다는 것을 보여 줄 뿐만 아니라 화가, 작곡가, 소설가의 예술을 통해서만 다른 사람의 눈 안으로 들어갈 수 있다는 인식의 근거를 제공한다.

소설을 현실의 삶에서 벗어나게 해 주는 상상적 삶의 장소로 보는 프루스트의 소설론은, 공감 능력을 확대한다는 점에서 소설을 옹호한 전통적인 소설론을 조금 더 발전시킨 것으로 보인다. 그런데 이와 같은 소설 옹호론은 자칫하면 소설에 대한 비판으로 뒤바뀔 수 있다. 즉, 소설은 통상적인 도덕적 입장에서 이탈하게 하므로, 소설을 읽고 나서 도덕적 나침반을 잃어버린 채 고삐 풀린 성애적 경험을 옹호하고 금지된 감정을 갈망하게 될지도 모른다. 이는 목사들과 도덕주의자들이 소설을 오랫동안 의심해 온 이유이기도 하다.

장 자크 루소는 이러한 소설 비판을 가장 정교하게 전개한 작가다. 루소는 허구적 모방과 감정의 자극을 강력하게 비난하는 동시에, 자신의 유일한 소설 《신엘로이즈》를 통해 그러한 모방과 자극을 활용한 18세기 프랑스 작가로 유명하다. 그의 소설은 다음과 같은 제사題辭로 시작된다. "대도시에는 연극이 필요하고, 타락한 대중에게는 소설이 필요하다. 나는 우리 시대의 풍습을 두루 살펴보고 이 편지를 출판했다. 내가 이 편지들을 불에 태워 버렸어야 할 시대에 살았더라면 얼마나 좋았을까!"[9] 즉, 감정이 가식, 연극, 교양의 재료가 되었다면, 독자가 다른 사람의 가식적인 감정을 내면화함으로써 타락하고 다른 존재로 변모하게 되는 바로 그 장르인 소설을 사용해야 한다는 말이다. 소설은 거의 신학적인 역할을 부여받는다. 소설은 타락을 속죄하는 수단이며, "행복한 잘못felix culpa"이 일어나는 곳이다.

프루스트의 《잃어버린 시간을 찾아서》에서 타락을 통해 깨달음을 얻는 계기는 〈소돔과 고모라〉편 도입부에서 가장 두드러지게 나타난다. 마르셀은 주변의 여러 중요 인물들에게서 성적 "도치inversion"(동성애) 현상을 발견한다. 이후 성과 사회에 대한 그의 이해는 완전히 뒤바뀐다. 내가 이해하는 바, 프루스트가 주장하는 소설의 가치는 나의 삶과 의식을 수많은 다양한 타자에게로 확장함으로써 얻는 도덕성이다.

타자들이 우리를 "도치"시킬수록 더 좋다. 타자들이 우리의 자만과 선입견을 흔들면 흔들릴수록 더 좋다. 프루스트에게는 이것이 허구의 윤리를 대표한다. 독자와 허구적 인물의 관계는 우리가 과거에 배웠던 동일시의 문제라기보다는, 프루스트의 표현을 따르자면 다른 사람의 몸으로 환생하는 윤회metempsychosis와 같다. 그리고 그것은 의지적 윤회다. 헨리 제임스의 표현으로 말하자면, 그것은 소설을 펼칠 때마다 무언가를 찾고자 하는 몰입의 행위다. 허구적 존재의 인지적·윤리적 가치를 이해하려면 이것이 의미하는 바를 좀 더 면밀하게 조사할 필요가 있다.

광학(즉, 타자 또는 수많은 타자들의 눈을 통해 세상을 보는 것)에 관심을 가진 프루스트는 《잃어버린 시간을 찾아서》 〈되찾은 시간〉의 끝머리에서 다음과 같이 말한다. "소설을 읽는 독자는 사실 자기 자신을 읽는다. 작가의 작품은 독자에게 제공하는 일종의 광학적 도구에 불과하다. 이 도구를 통해 독자는 이 책이 없었다면 보지 못했을 자신의 어떤 측면을 식별할 수 있다."[10]

현실의 인간들과 달리 재현된 인물들은 삶과 자아에 대한 이해를 제공한다. 왜 그럴까? 프루스트에 따르면, 일상생활의 "습관"이 우리를 나태와 맹목의 구렁텅이에 빠뜨리기 때문이다. 광학적 도구인 소설만이 시력을 회복시켜 준다. "마음의 이론"을 강조하는 문학과 인지신경과학에 관한 최근 연구도 이와 비슷한 관점이다. 소설은 우리에게 다른 사람의 마음에 일어나는 일을 다양한 층위에서 이해하도록 요구하고 가르친다. 이는 에드거 앨런 포의 〈도둑맞은 편지〉에서 오귀스트 뒤팽이 "도둑맞은 사람이 도둑을 안다는 사실을 도둑이 아는 상황"을 상상함으로써 탐정 작업을 시작하는 것과 유사하다.

이는 추가적인 단계로 확장될 수 있다. 어떤 사람이 타인이 안다는 사실을 알고 있을 수 있다. 그러나 그가 안다는 것을 타인도 알 수 있으며 그로 인해 그가 안다는 사실에 대한 타인의 생각이 바뀔 수 있음을 생각해 보라. 신경과학자들은 우리가 적어도 네 단계 이상 올라갈 수 있다고 하는데,[11] 헨리 제임스의 경우에는 그 이상일 수도 있다고 생각한다. 예를 들어,《비둘기의 날개》속 등장인물들은 천문학자들이 눈에 보이는 천체 궤도에 미치는 중력의 효과를 통해 보이지 않는 천체의 존재를 추론하듯이, 보이는 사람에게 끼치는 신비로운 영향을 살펴봄으로써 보이지 않는 사람의 존재를 추론한다. 제임스의 가장 대담한 실험인《신성한 샘물》은 방문객들 사이에 존재하는 흡혈귀적 상호작용을 추정하는 화자의 개인적 시각을 바탕으로 이야기 전체가 전개된다.

프루스트의 인기는 시간이 지난 후에 높아졌다. 그가 주장한 허구의 인지적·윤리적 가치가 우리 시대에 꼭 필요한 것이기 때문이다. 우리가 콜리지를 비롯한 낭만주의자들이 중시했던 상상력의 명예를 회복할 준비가 되어서 그런지도 모른다. 물론 상상력이 어떻게 작용하는지 우리가 그들보다 더 잘 아는 것은 아니다. 롤랑 바르트나 미셸 푸코가 자아를 문화와 사회가 만들어 낸 코드화된 구조로 보도록 가르쳤기 때문에, 역설적이게도 우리는 소설 읽기와 관련된 자아의 상실을 크게 걱정하지 않는다. 루소의 주장대로 허구의 삶을 우리 삶에 끌어들여 다른 눈으로 세상을 바라보게 되면서 도덕적 나침반을 잃게 되었다면, 그럴수록 더 좋다. 《인권의 발명》에서 린 헌트가 주장하듯이, 타인을 침해할 수 없는 불가침의 권리를 가진 존재(우리는 인간을 그렇게 이해한다)로 생각하는 능력의 근원은 상상력을 통해 다른 자아에 몰입하는 행위라고 말할 수도 있다.[12]

더욱이, 이제 많은 이들은 이러한 시각을 기반으로 인간과 관련하여 비인간 종의 권리를 사유하는 중이다. 프루스트보다 훨씬 이전에 애덤 스미스는 《도덕감정론》을 통해 상상력이 공감적 동일화 또는 감정이입을 통한 동일화의 힘을 우리에게 부여한다고 주장했다. 고문에 관한 그의 유명한 구절(CIA에서 필수적으로 읽어야 할 부분)을 살펴보자.

내 형제가 고문 형틀에 묶여 있다 해도 나한테 해가 없는 한, 나의 감각은 그가 겪는 고통을 결코 알려 주지 않을 것이다. 그가 처한 상황을 상상함으로써 우리는 그와 똑같은 고통을 견디는 우리 자신의 모습을 생각해 본다. 말하자면, 우리는 그의 몸 안으로 들어가 어느 정도는 그와 똑같은 사람이 된다. 그럼으로써 우리는 그의 감각이 어떤지 약간이나마 알 수 있고, 강도는 약하지만 그의 감각과 크게 다르지 않은 무언가를 느끼기도 한다. 그의 고통이 우리에게 절실하게 느껴질 때, 그 고통을 우리 자신의 고통으로 삼을 때, 그의 고통은 마침내 우리에게 영향을 끼치기 시작하고, 우리는 그가 느끼는 것을 생각하며 부들부들 떨고 전율을 느낀다.[13]

프루스트처럼 애덤 스미스도 상상력이 허용하는 자아와 타자 **사이**의 움직임에 주목한다. 그러나 그는 프루스트만큼 더 앞으로 나아가지는 않는다. 즉, 프루스트는 "내 형제" 대신에 가상의 인물을 이용하여 그의 몸과 마음에 합일하는 과정을 더욱 완벽하게 만든다. 그것은 흉내 내기가 아니라 대체다. 이처럼 역설적으로 나와 전혀 다른 존재를 더욱 완전하게 실현할 수 있다.

이는 소설을 옹호하는 강력한 주장이며, 과거 역사부터 미래 디스토피아는 물론 우리 삶의 수많은 장면에 이르기까지 우리가 알고자 하는 모든 것을 표현하기 위해 소설을 선택한 행위를 강력하게 정당화하는 주장이다. 그러나 우리는 또한 프루스트가 〈되찾은 시간〉의 마지막 부분에서 언급한, 소설적 표상을 위해 치러야 하는 대가를 기억할 필요가 있다. 마침내 발견한 소명을 기뻐하는 동시에 그 어두운 이면을 간과해서는 안 된다. 마르셀에게 소명의 발견은 그가 사랑했던 사람들을 포기하고 소설 속 상상의 인물이 되는 운명을 의미한다. 소설가에 의해 사람은 지워진다. 마르셀은 소설을 "이름이 지워져 읽을 수 없는 묘비로 가득 찬 거대한 공동묘지"라고 부른다.[14]

인식은 소멸, 파괴와 결합되어 있다. 소설이 살기 위해서는 사람이 죽어야 한다. 소설가의 죽음 역시 소설적 삶의 일부다. 소설가는 죽음을 피하기 위해 이야기를 들려주는 셰에라자드와 같은 존재다. 허구적 인물의 세계에는 "현실"과 "산 사람"이 들어설 자리가 없다. 소설이 우리 삶을 조명하는 힘은 허구의 존재를 의식의 그릇으로 만드는 연금술에 달려 있다. 타인의 눈으로 세상을 보는 도구인 소설은 〈되찾은 시간〉에서 새로운 시각으로 자신을 읽는 도구가 된다. 즉, 소설을 도구 삼아 모든 타인의 시선을 우리 자신에게로 돌린다는 말이다.

이것은 허구적 인물을 이해하려는 우리의 노력과 허구적 인물을 활용하는 방식에 대해 무엇을 말해 주는가? 여기서 내겐 확실한 답을 제시할 수 있다는 확신이 없다. 허구적 인물에 대한 사랑과 그들과 함께 시간을 보내며 그들을 일상의 "진짜" 삶에 스며들게 하려는 의지, 그리고 소설을 다 읽은 후에도 그 인물들을 놓아주지 않고 그들과 계속 대화를 나누는 것은, 프루스트가 말한 것처럼 새로운 눈, 새로운 광학 도구가 제공하는 시각을 통해 별에서 별까지 여행하고자 하는 소망일 것이다. 우리가 가장 높게 평가하는 소설에서, 이는 수동적이거나 도피적인 과정이 아니라 인지적이고 비판적인 기능이 있는 과정이다. 매슈 아널드의 오래되었지만 여전히 새로운 표현을 빌리자면, 소설 속 인물은 "삶에 대한 비판"을 제공한다.

인지적 도구로서 허구적 인물이 갖는 인지적 가치는, 문학적 인물의 "실제적 삶"이 갖는 전통적인 의미를 긍정하는 동시에 역설적으로 그 인물을 상상 속 인물과의 만남으로 확장된 우리 자신의 마음으로 되돌려 준다. 문학 속 인물은 살아 있는 존재이면서 아무것도 아닌 존재다. 그는 우리의 의식이 사용하는 이미지다. 프루스트의 인물 개념은 그의 열렬한 독자였던 사뮈엘 베케트의 인물 개념, 즉 이름 붙일 수 없는 존재로서의 인물을 가리킨다. 인물은 궁극적으로 정신에, 궁극적으로는 독자의 정신에 귀속한다. 인물은 자크 랑시에르가 독서의 "불확실한 공간," 즉 우리가 모든 사람이면서 아무것도 아닌 존재인 어떤 공간, 셰에라자드와 술탄 사이의 어딘가에 자리 잡은 의식이다.[15]

나에게 인물은, 육체와 말에 대한 랑시에르 주장의 근간이 되는 "육화肉化"의 문제가 아니다. 인물을 통해 구현되는 우리의 삶은 그 자체로 허구적이고 잠정적이다. 그것은 마치 의상, 관습, 감각, 안경(망원경과 현미경을 포함)을 착용해 보는 것과 같고, 그 이동성은 매우 변화무쌍하다. 우리가 읽은 소설의 경계를 넘어 도로시아 브룩ㅣ조지 엘리엇의 《미들마치》ㅣ이나 외젠 드 라스티냐크ㅣ발자크의 《고리오 영감》ㅣ에 대해 이야기할 수 있다는 것은, 우리가 그들을 저녁 식사에 초대하고 싶다는 소망보다는 그들의 눈을 통해 우리 자신의 존재를 다시 상상해야 할 필요성에 대한 증거다. 프로이트가 말하듯, 소설은 "국왕 폐하이신 에고"에 관한 것이다.

프로이트의 표현은 지나친 단순화이지만 많은 진실을 담고 있다. 프로이트는 또한 논문 〈에고와 이드〉에서 "자아ㅣ에고ㅣ의 성격은 버려진 대상-카텍시스object-cathexes의 침전물이며, 대상 선택의 역사를 담고 있다"[16]고 말한다. 나는 프로이트의 주장을 자아가 그러한 대상들로부터 만들어졌다는 의미로 해석한다. 여기서 대상이란 자아가 오랜 시간 동안 욕망을 투자한 사람, 버려졌지만 여전히 자아의 구조화에 기여하는 사람도 포함한다. 그리고 그 "버려진 대상-카텍시스"(즉, 리비도가 고착되었던 장소)에는 실제 사람뿐만 아니라 허구적 인물도 포함될 수 있다고 생각한다. 에고는 다른 사람에 빙의함으로써 자신의 모습을 배운다. 그 과정이 인지적으로 어려우면 어려울수록 더 좋다. 그래서 소설이 필요하다.

앞에서 상상력에 대한 낭만주의적 집착을 다루었다. 허구적 인물에 대한 이해와 활용을 통해 내가 이야기하려 했던 바는 존 키츠의 "부정적 능력negative capability" 개념을 떠올리게 한다. 여기서 "부정적 능력"이란 "인간이 기를 쓰며 사실과 이성을 추구하지 않고 불확실성, 신비, 의심에 머무는 능력을 말한다." 키츠는 1818년 리처드 우드하우스에게 보낸 편지에서 이러한 생각을 발전시킨다.

시적 성격(나도 가지고 있는 것, 워즈워스적 숭고함 또는 이기주의적 숭고함과는 구별되는, 그 자체로 존재하고 홀로 서 있는 그런 종류의 것) 자체에 관해서 말하자면, 그것은 그 자신이 아니며, 자아가 없다. 그것은 모든 것이면서 아무것도 아니다. 그것은 아무런 특징이 없고, 빛과 어둠을 즐긴다. 추하든 아름답든, 높든 낮든, 부자든 가난뱅이든, 비열하든 고상하든, 그것은 기쁨 속에 산다. 이모젠을 생각할 때만큼이나 이아고를 생각하며 기쁨을 느낀다. 고결한 철학자에게 충격을 주는 것은 카멜레온 같은 시인에게 기쁨을 준다. 사물의 어두운 면을 좋아하는 것은 밝은 면을 좋아하는 것만큼이나 전혀 해가 되지 않는다. 둘 다 추측으로 끝나기 때문이다. 시인은 존재하는 모든 것 가운데 가장 비시적인unpoetical 존재다. 왜냐하면 시인은 정체성이 없고 끊임없이 다른 몸을 찾고 다른 몸에 들어가고 있기 때문이다.[17]

시인이나 소설가처럼 독자도 카멜레온 같은 시인이다. 이모젠|셰익스피어의 《심벨린》|뿐만 아니라 이아고|셰익스피어의 《오셀로》|를 기뻐하고, 잠정적으로 개인의 정체성을 포기하고 다른 몸에 들어가 다른 몸을 채우는 존재가 된다. 이것은 육화가 아니라 프루스트가 말하는 재생, 즉 형상 전환이다.

프루스트의 "인물" 개념과 그에 대한 독자의 반응은 버지니아 울프의 인물 개념과 비교된다. 울프는 문학적 인물 개념을 포기하지 않지만, 그 명확한 윤곽을 흐릿하게 만든다. 인물이 과거 소설가들이 지적한 것보다 훨씬 더 유동적이고 변화무쌍하며 고정하기 어렵다는 점을 주장하기 위해서다. 유명한 에세이 〈베넷 씨와 브라운 부인〉("소설 속 인물"

로도 알려져 있다)에서 울프는,《제이콥의 방》을 평하면서 그녀가 오래 살아남지 않는 인물을 창조했다고 비난한 에드워드 시대 소설가 아널드 베넷의 주장을 강력하게 반박한다. "[베넷은] 등장인물이 실재하는 경우에만 소설이 살아남을 가망이 있다고 말한다. 그렇지 않으면 소설은 죽어야 한다. 하지만 나는 묻는다. 현실이란 무엇인가? 그리고 현실을 판단하는 사람은 누구인가?" 그리고 가장 자주 인용되는 다음과 같은 선언을 한다. "1910년 12월을 전후로 인간의 성격은 바뀌었다." | 울프가 이 시기를 거론한 이유는 여러 가지로 추측되는데, 그중 하나는 당시 런던에서 열린 후기인상파 전시회로 볼 수 있다. 후기인상파는 사실주의와는 다른 추상미술의 시초로 평가된다. | (이때) 프로이트를 비롯한 많은 사상가 및 예술가들의 영향을 받아 동기와 인간 구성에 대한 모더니즘 작가들의 이해가 변화하여 인간 성격에 대한 표현이 바뀌었다는 뜻이다. 울프는 인물을 없애고 싶어 하지는 않았다. 그녀가 한 일은, 고정된 윤곽선을 없애고 인물에 담겨 있는, 옷으로 온몸을 가린 빅토리아 시대적 존재로서의 본질을 (헨리 제임스를 선구자로 삼고 프루스트의 방식으로) 해체함으로써 우리의 시각을 변화시키려는 무언가를 옹호한 것이다.

〈베넷 씨와 브라운 부인〉은 철도 객실 맞은편에 앉은 여성 브라운 부인을 상상함으로써 베넷의 인물 개념을 문제 삼는다. 베넷은 출신 지역, 거주하는 집의 종류, 가구, 수입,

아버지의 직업, 어머니의 사망 원인 등 외적인 요소로 그녀를 묘사하려고 한다.[18]

"'암을 묘사하라. 옥양목을 묘사하라. 묘사하라.' 하지만 저는 '제발 그만! 그만!'이라고 외쳤어요. 그리고 유감스럽지만 나는 그 못생기고 서투르고 어울리지 않는 도구를 창밖으로 던져 버렸습니다. 왜냐하면 제가 암과 옥양목을 묘사하는 순간, 브라운 부인, 제가 고집했던 그 비전은(이걸 제대로 설명할 방법은 모르겠지만) 흐려지고 영원히 더럽혀질 것을 알기 때문입니다."

베넷 식의 묘사는 디킨스, 발자크, 엘리엇을 비롯하여 대부분의 19세기 소설가들로부터 이어져 내려온 것이다. 울프는 이런 식으로 인물을 파악할 수 있다는 생각은 시계를 거꾸로 돌리는 것이라고 주장한다. 브라운 부인에게 원하는 특성을 부여하는 것은 괜찮지만, 그녀가 세상을 보는 어떤 시각이라는 점을 이해하는 것이 가장 중요하다. 브라운 부인은 보기 위한 도구다. 우리의 마음과 상상력은 세상을 바라보는 그녀의 시각을 이해하려고 노력할 수밖에 없다. 이는 외적인 요소로는 절대로 얻을 수 없다.

허구적 인물을 탐구한 또 다른 위대한 실험적 소설가 헨리 제임스를 살펴보자. 제임스는 중편 《정글의 짐승》에서 프루스트의 관심사를 기묘하고 불길한 방식으로 바꾸어 제시한다. 이 소설(인물과 허무에 관한 이야기)에서 존 마처의 여성 동반자(그 이상도 이하도 아니다) 메이 바트램이 마처의 페르소나 가면 속을 들여다보는 순간을 떠올려 보라. 마처는 "짐승," 즉 중요하고 예상치 못한 무언가가 튀어나오길 기다리면서 살아간다. 그러한 마처의 삶은 이기적인 자기 몰입의 삶이다. 그는 메이가 주는 사랑을 무시하고 아무것도 하지 않은 채 결코 오지 않을 순간을 기다린다. 메이는 그 인생의 허무를 보게 되는 사람이다. 마처의 사회적 행동은 "오랜 기만행위"로 묘사된다. 다음 단락은 훨씬 더 과격하다.

결국 그는 바보 같은 사교적 웃음으로 치장된 가면을 쓴 채 가면 구멍을 통해 그의 다른 특징과는 전혀 어울리지 않는 눈빛으로 밖을 내다보고 있었다. 어리석은 세상 사람들은 몇 년이 지났는데도 이를 절반도 모르는 눈치였다. 눈치챈 사람은 메이 바트램 한 사람뿐이었다. 그녀는 말로는 설명하기 힘든 모종의 수법을 써서 정면으로 그의 눈을 보는 동시에 마치 어깨 뒤에 선 것처럼 가면 구멍 밖을 내다보는 그의 시선과 자신의 시선을 겹치는 (또는 번갈아서 그렇게 하는지도 모르지만) 신공을 발휘했다.[19]

메이 바트램은 완벽한 소설 독자다. 그녀의 "말로 표현하기 힘든 모종의 수법"은 가면 뒤에서 세상을 보는 마처의 시선을 옹호하는 동시에, 바깥에서 그 시선과 대적한다. 그녀는 진실을 발견한다. 그런데 나중에는 진실이 절대로 밝혀지지 않기를 간청할 수밖에 없다.

제임스는 허구적 가면에 대한 도덕적인(또는 어쩌면 미국적인) 관점을 제시한다. 내가 아는 그 어떤 소설가보다도 제임스는 "인물"을 논하는 두 가지 방식, 즉 허구적 인물과 도덕적 존재의 관계를 사유하게 한다. 이 두 단어와 개념은 서로 다른 용도로 사용되지만, 책을 읽을 때에는 교차한다. 즉, 우리는 도덕적 존재를 근거로 허구적 인물을 판단할 수 있다. 그러나 《정글의 짐승》의 도덕극은 그 자체로 복잡하다. 만약 그것이 공감의 윤리적 실패, 즉 마처가 메이의 입장을 충분히 고려하지 못한 문제라면, 그것은 더 근본적으로는 "인물" 자체가 허무, 가짜로 꾸민 허구, 가면, 가짜 형이상학일 수 있다는 무시무시한 가능성에 관한 것이기도 하다. 그러나 프루스트나 제임스에게 이 허무는 인간적 관점에 의해서만 사유될 수 있다. 인물이라는 허무는 인간 행위자가 행하거나 행하지 못한 것의 결과다.

마지막에 마처가 사랑하는 여인을 잃은 또 다른 사람의 괴로워하는 얼굴을 보고 불현듯 깨달음에 도달할 때, 그것은 한 인간에 대한 깨달음, 메이 바트램과 그녀의 사랑에 응하지 못한 그의 실패에 관한 깨달음이다. 소설의 끝에서 두 번째 문단에 언급된 "삶의 깊은 공허"는 무지의 심연이자 개인적 상실의 경험이다.《정글의 짐승》에서 무지는 인간적인 경험, 개인적인 경험으로 체험된다. 무지는 마처가 마지막에 발견해야 하는 어떤 것이다. 소설의 멜로드라마적 절정은 평생에 걸친 무지가 바로 그 짐승임을 알게 되는 깨달음을 의미한다.

"이 각성의 전율—이것이 앎이다. 앎에 닿으면 눈물조차 얼어붙는 것 같다. 그는 삶의 정글을 보았고 웅크린 짐승을 보았다. 바로 그때 그가 응시하는 동안 거대하고 끔찍한 것이 공기를 스윽 휘저으며 일어나는 것을 느꼈다. 숨통을 끊을 도약을 위해서였다. 눈이 캄캄해졌다. 가까이 왔나 보다. 환각에 빠진 그는 짐승을 피하려 본능적으로 몸을 돌린 다음 무덤에 몸을 던졌다."

소설 초반에 이미 결과를 예견한 메이는 당신은 늘 해 오던 대로만 살아갈 수 있는 사람이라고 마처에게 말한다.

그들의 관계는 그가 늘 해 오던 방식으로 다시 퇴보했다. 너무 긴 시간 그래 왔으므로, 그 바닥을 가늠할 날이 필연적으로 다가왔다. 이 관계의 바닥 위에는 변덕스러운 바람 탓에 가끔 휘청거

려도, 가볍지만 견고한 구조가 그나마 버티고 있었다. 안정을 좀 찾아보고픈 마음에 두 사람은 가끔은 추를 내려 그 심연을 재어 보곤 했다.

이 장면은 인물이 앎과 허무(어쩌면 앎으로서의 허무)의 심연에 어떻게 연관되는지를 보여 준다. 그 다리는 마치 허구와 같다. 인간 존재의 심연 위에 세운 구조물과 비슷하다. 깊이를 재기 위해 인간은 가끔 추를 그 심연 속으로 떨어뜨려 볼 뿐이다. 그러나 제임스에게 심연의 잠재적 형이상학은, 인간의 기능을 대신하는 허구적 인물들이 그것에 대해 골몰할 때에만 그 중요성을 획득한다.《정글의 짐승》이 공허로서의 인물에 대한 일종의 알레고리라면, 이 문제는 추상적인 것이 아니라 오히려 삶의 의미를 찾으려는 두 인간의 치열한 드라마로 경험된다. 삶 그 자체보다는 삶의 허구를 통해 우리가 알고 목격하고 이해하는 드라마 말이다.

제임스는 프루스트와 더불어 허구와 허무의 변증법을 드러낸다. 두 작가는 다음과 같이 주장한다. "인물"은 독자가 삶과 감정과 도덕적 선택을 의탁한 허구적 존재로서 ① 일종의 환상이다. 그런데 ② 불가피하고 절대적으로 필요한 환상이다. 인물의 허구성으로 인해 그들의 물질성을 옹호할 수 있다("진짜 사람"이라면 그렇게 할 수 없지만)는 점에서 그렇다. ③ 한정된 인간 존재의 가장 난해하고 중요한 문제를 이해하기 위해서는 허구적 인물의 표상이 필요하다.

지금까지 논의한 내용을 바탕으로 또 다른 추측(이 책 전체의 주장과 연관된)을 시도해 보자. 프랑스의 언어학자 에밀 뱅베니스트는 수년 전 언어의 "주체성"을 고찰한 바 있다.[20] 그는 주체성과 자아라는 낭만적 개념을 무너뜨렸다. 즉, 뱅베니스트는 의도적으로 심리학에 의존하지 않으면서 또는 내면을 전제하지 않으면서 주체성을 다룬다. 말하는 나는 주체성의 **표현**이 아니다. 나라고 말함으로써 인간은 자신을 주체로서 확립한다. 우리가 "주체성"의 범주에 속한다고 간주하는 다른 모든 것은 그로부터 파생한다. 에고는 무엇보다도 언어의 속성이다. 뱅베니스트에게 있어 에고는 **나**라고 말하는 **나**다. 그는 세상에서 사용되는 담화로서의 언어에 관심을 가진다. 우리가 담화에서 **나**를 사용할 때, 그것은 반드시 우리의 말이 전달되는 사람인 **너**를 암시한다. 그리고 이는 필연적으로 상호성을 내포한다. 즉, 우리에게 말을 걸기 위해 **너**가 **나**가 되고, 그 시점에서 **나**는 **너**가 되는 것이다. 이 상호성은 대칭적이지 않다. 그 순간 **나**라고 말하는 사람은 누구든 언어 체계를 통제하는 초월적인 위치에 있다. 그러나 그것은 상호보완적이고 가역적이다.

결과적으로, **나**는 기의(그에 부착된 개념)가 없는 언어적 기호이며, 현재 그것을 사용하는 담화자만을 지시체referent로 갖는다. 이른바 주체성(따라서 내면성, 내적 깊이 등)의 기초는 단순히 말하는 **나**라는 언어 행위에 있다. 그리고 그 행위는 메시지의 청자, 즉 나를 대신할 수 있는 너를 암시하므로 언제나 상호주체적이다. 상호주체성은 인간 언어의 기본 조건이며, 주체성은 상호주체성 없이는 생각할 수 없다. 그리고 말하기의 상황은 언어의 다른 구분 방식인 대상 지시적 deictic 표식(여기, 저기)과 시간적 형용사(어제, 미래)를 소환한다. 동사 시제, 과거, 미래, 조건절(그리고 과거 조건절, 가정법 등의 세분화)의 구분은 우리가 "현재"라고 부르는 말하는 순간과 관련하여 확립된다. 여기서 현재란 벵베니스트에게는 말하는 순간 말고는 다른 의미가 없다. 그 순간이 바로 우리 삶의 순간이다.

벵베니스트의 논의를 토대로, 나는 담화 상황에서 이루어지는 상호주체성으로서의 주체성 모델이 서사와 그 필요성에 대해 무언가를 말해 준다고 주장하고자 한다. 서사는 말하기와 마찬가지로 화자와 청자를 암시한다. 서사학자들은 narrator(화자)와 대칭을 이루는 narratee(청자)라는 단어를 만들어 냈다. 따라서 말하는 사람의 이야기는 듣는 사람의 이야기가 되지 않고서는 존재할 수 없다. 그러한 사실은 앞서 다루었던 발자크와 모파상과 사키의 이야기에서처럼 명확하게 드러나는 경우도 있지만, 암시적으로만 드러나는 경우도 있다. 대부분의 소설가들은 정교한 아이러니를 구사할 때를 빼고는 "친애하는 독자 여러분"이라는 문구를 사용하지 않는다. 그럼에도 불구하고, 친애하는 독자는 어떤 방식으로든 위장한 채 어딘가에 존재한다. 그렇지 않으면 이야기는 진행되지 않는다.

도스토옙스키의 《지하생활자의 수기》도 누군가에게 독백하고, 실제로 자신의 담화에서 **나**에 대칭하는 **너**를 창조한다. 《지하생활자의 수기》는 미하일 바흐친의 "대화주의" 개념을 보여 주는 대표적인 사례다. 여기서 대화주의는 언어가 본질적으로 대화적이라는 것, 즉 한 단어가 다른 단어를 포괄하고 그에 반응한다는 것을 의미한다. 무대나 소설에서 독백은 반드시 청자를 암시한다. 만약 청자로부터 아무런 반응이 없다면, 내적 청자를 상정한다. 뱅베니스트와 마찬가지로 바흐친은 언어의 본질적인 사회적 성격을 증명한다. 언어는 진공상태에서 주체성을 '표현'하는 어떤 것이 아니다. 언어는 고독과 억압 상황에 내몰릴 수도 있지만, 그럼에도 불구하고 항상 대화의 조건을 갈망하는 형태를 취한다.

이를 근거로 서사가 항상 소통을 추구하고 청자의 반응을 희망하는 사회적 행위라고 주장할 수 있을까? 그것이 서사의 의도라는 것은 의심의 여지가 없다. 하지만 그렇다고 해서 서사에 특권이 부여되지는 않으며 서사의 비윤리적인 사용을 막을 수도 없다. 반대로 서사는 의사소통 행위로 의도된 것이므로, 언어적으로 오남용될 소지가 다분하다. 마키아벨리에 따르면, 언어는 거짓말을 위해 인간에게 주어졌다. 사실과 반대되는 허구를 사용하는 언어의 능력은 서사에도 내재한다. 민담은 오래전부터 거인과 요정, 투명 인간으로 변신시키는 마술 지팡이와 모자를 만들어 냈다. 그러나 그와 동시에 거짓말을 비난하고 괴물의 힘과 세상의 무관심에 맞서 인간의 기지智가 승리한다고 주장한다.

허구적 인물은 뱅베니스트가 분석한 의사소통 상황에서 분명히 핵심적인 역할을 담당한다. 그들은 화자와 청자, 저자와 독자의 대화적 관계를 흉내 낸다. 그들은 소통하고 대화하고자 하는 텍스트의 욕망에 호응하는 담화를 통해 명시적이든 아니든 인간의 상호작용 모델을 제공한다. 루카치가 주장하듯 소설이 고독한 개인의 공간이고 소설 읽기가 대부분 조용히 홀로 이루어지는 행위라면, 소통적 관계 그리고 잠재적인 네트워크 모델은 무언가를 들려주고자 하는 소설의 욕망에 결정적으로 중요하다.

"이야기가 눈에 보입니까?" | 《암흑의 핵심》의 화자 | 말로는 넬리호의 청자들에게 이렇게 묻는다. "뭐가 보이나요?" 이어서 말로는 다음과 같이 주장한다. "어떤 특정 시대의 삶의 감각,

즉 그 시대의 진리, 의미, 미묘하고 날카로운 본질을 전달하는 것은 불가능합니다. 그건 불가능하죠. 우리는 꿈을 꾸는 대로 살아갑니다. 혼자서요."[21] 그러나 불가능하다고 선언한 다음에도 말로는 그 "삶의 감각"을 앞에 있는 청중에게, 더나아가 《암흑의 핵심》을 읽는 독자에게 전달하려는 노력을 멈추지 않는다. 허구적 인물과 그들의 소통 노력은 너무나 힘들고 무위에 그칠 때도 많다. 그렇지만 허구적 서사의 핵심 과제는 독자와의 소통이다.

허구적 인물은 중요하다. 인간관계가 얼마나 미약한지 인정하고 극화하기 때문이다. 허구적 인물은 인간 상호작용에서 소통의 철저한 부재, 완전한 투명성의 봉쇄에 대한 보상을 제공한다. 그렇다고 허구적 존재가 항상 간파하기 쉽다는 말은 아니고, 루시 스노우의 경우처럼 분석하기가 만만치 않은 불투명성의 영역이 없다는 말도 아니다. 그러나 우리는 소설에서 허구적 인물에 대해 알 수 있는 모든 것을 전달해야 하며, 우리가 끈질긴 독자라면 알 수 있는 만큼 충분히 그들을 알게 될 것이다. 이것이 소설의 "탈출" 또는 현실세계의 회피를 의미한다면, 그것은 내면으로의 탈출, 더 큰 지식과 더 완벽한 소통으로의 탈출이다.

삶을 묘사하는 허구적 이야기는 다른 사람의 이야기(벤야민의 표현을 빌리자면 "조언")를 듣고 싶은 욕구, 그들에게 말을 걸고 싶다는 욕구에 관한 것이다. 내 눈 이외에 또는 내 눈뿐만 아니라 다른 사람의 눈을 통해 보는 것은 어떤 느낌일까? 언어는 불완전한 소통의 도구다. 플로베르가 《보바리 부인》에서 말하듯이, 언어는 "별들을 움직여 연민하도록 만드는 한편, 곰이 춤을 출 수 있도록 박자에 맞춰 두드리는 금이 간 가마솥"[22]이다. 하지만 그것은 다른 사람과 소통하기 위해, 응답을 듣고 대화를 나누겠다는 희망으로, 우리가 내주어야 하는 것이다. 응답을 얻지 못하면 우리는 다른 이야기를 전하면서 다시 시도한다. 우리는 다시 살아남기 위해 계속 다른 이야기를 들려주는, 결국 죽을 것을 알지만 그전까지만이라도 다른 사람들이 내 이야기를 듣도록 만들어야 한다고 믿는 셰에라자드로 돌아왔다.

❺
서사가 하는 일

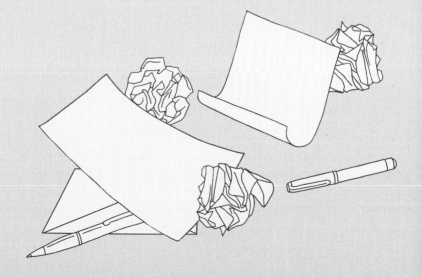

왜 예술, 특히 서사적 허구가 존재하는지 설명하려는 무수한 시도가 있었다. 예술은 어떤 명백한 쓸모가 없으므로 진화생물학적 설명은 큰 도움이 되지 못한다. 물론 예술과 문학이 인지와 사회 적응에 도움을 준다는 설명이 없었던 것은 아니다.[1] 나는 더 고전적인 가설, 가령 예술이 형상 충동과 감각 충동 사이를 매개하는 "유희충동Spieltrieb"에 속한다는 프리드리히 실러의 주장으로부터 시작하는 것이 더 생산적이라고 생각한다.

실러에 따르면, 유희충동은 다른 두 충동의 균형을 맞추면서 인간의 자유 영역을 만들어 낸다. 형상과 감각이 협력할 때 유희충동은 "살아 있는 형상, 즉 아름다움"을 창조한다. 유희는 인간의 본성을 충족시켜 준다고 실러는 강조한다. "인간이 온전한 의미에서 인간일 때 인간은 유희만 한다. 놀이할 때에만 인간은 완전한 인간이 된다."[2] 이 말은 예술이 인간성을 실현하는 최상의 방법이라는 뜻이다.

실러에 덧붙여 말하자면, 서사적 허구에 통합되어 실행되는 유희는 인간 자유의 실현이자 상징이다. 유희는 허구가 허구라는 점, 즉 조작과 위조의 결과물이라는 점을 분명히 하면서도(라틴어로 fingo, fingere는 창조와 날조를 둘 다 포함한다) 유용하고 계몽적인 방식으로 세상에 대해 이야기(카를로 긴즈부르그의 사냥꾼 이야기를 떠올려 보라)하기 때문이다. 앞서 언급한 보르헤스의 이야기 〈틀뢴, 우크바르, 오르비스 테르티우스〉는 일종의 우화를 제공한다. 즉, 허구가 "천사가 아닌 인간의 규율"임을 인식하지 못하고 문자 그대로 믿기 시작하면, 허구는 더 이상 허구에 그치지 않고 "지배 인종"이든 육체의 부활이든 세상만사를 설명하는 절대적 지위를 내세우고 믿음을 강요하는 신화로 전락하게 된다. 허구는 신념 체계를 거부하고 "가정假定"을 고집한다는 점에서 유희적이다.

"…라고 가정해 보자"라는 말은 인간을 소위 "고등 유인원"과 구별하는 진술이자 마음 상태다.[3] 아이들이 흉내 내기 게임을 하면서 가상의 찻잔에 물을 채우고, 바퀴 없는 가상의 자동차를 운전하는 것을 보면, 우리는 아이들이 무언가를 만들어 내는 데에 완전히 몰두하면서도 그것이 모두 거짓임을 알고 있다는 점을 분명히 알 수 있다. 흉내 내는 게임을 잠시 중단하고 새로운 부품 또는 새로운 상황을 추가할 수 있다. 새로운 놀이 친구가 생기면 "아빠가 될 수 있어." 새로운 사물을 손에 넣으면 "이거는 기차 엔진이라고 해 보자."

폴 해리스가 《상상력의 작용》에서 말하듯이, 아이들은 "반쯤 믿는" 세계에 산다. 내가 보기에는 그러한 감정과 마음 상태는 성인이 되어 소설을 읽고 쓰면서 즐기는 행위로 이행된다.[4] 해리스를 비롯한 여러 학자들에 따르면, 언어와 흉내 내기 놀이는 다른 시간과 장소 그리고 무대 밖에서 벌어진 일에 대해 말하는 능력과 더불어 비슷한 시기에 등장한다. 언어가 유용한 도구인 이유는 결국 눈앞에 존재하지 않는 것을 대신하기 때문이다. 언어는 사물의 체계를 대체하는 기호의 체계다. 흉내 내기 놀이도 이와 매우 유사하다.

D. W. 위니콧의 고전《놀이와 현실》은 유희의 본질과 용도를 명쾌하게 설명한 책이다. 위니콧은 유아기에 아이가 "중간 대상transitional object"(장난감, 담요 등 유아가 소중하게 여기는 것)을 어떻게 받아들이는지 관찰함으로써, 아이가 환경에 압도되지 않고 창의적으로 세상에 반응할 수 있는, 내적 현실과 외적 현실 사이의 중간 경험 영역을 밝혀냈다. 위니콧은 다음과 같이 설명한다.

중간 대상과 중간 현상은 최초 경험의 밑바탕을 이루는 환상의 영역에 속한다. 내적 또는 외적 (공유) 현실에 속한다는 점에서 도전받지 않는 중간 경험 영역은 유아 경험의 큰 부분을 구성하며, 일생에 걸쳐 예술과 종교와 상상력과 창의적인 과학적 연구에 몰입할 때 느끼는 강렬한 경험을 통해 유지된다.[5]

위니콧은 이 중간 영역, 즉 유아가 유희하는, 나와 나 아닌 것 사이의 "잠재적 공간"이 바로 세상에 적응하기 위한 필수 조건이라고 거듭 주장한다. 그는 자신의 통찰을 "주요 테제"

로 재구성하여 다음과 같이 주장한다.

문화적 경험이 이루어지는 장소는 개인과 환경(원래는 대상) 사이의 잠재적 공간에 있다. 놀이도 마찬가지다. 문화 경험은 놀이에서 처음 나타나는 창의적인 삶에서 시작된다.

이러한 방식으로 진행되는 놀이는 유아가 주체와 객체의 관계를 창의적으로 교섭하는 과정을 의미한다. 이것이 효과적인 이유는, 유아(위니콧의 표현에 따르면 "좋은 엄마"의 양육을 받은 아이)가 중간 대상과의 놀이를 통해 자신이 창조한 환상을 믿고 사물을 잘 다룬다는 느낌을 얻을 수 있기 때문이다.

나는 놀이를 상상력이 풍부한 삶의 근본적 바탕으로 이해하는 위니콧의 견해가 직관적으로 옳다고 생각한다. 이는 개인적으로든 사회 전체적으로든 다양한 상상력의 작용이 필요한 이유를 제시할 때 매우 유용하다. 놀이가 없다면 우리는 비인간적인 세상에 압도당할 위험에 노출된다. T. S. 엘리엇은 《사중주 네 편》에서 "인간은 현실을 감당할 수 없다"고 말한다. 월리스 스티븐스는 《최고의 허구를 향한 노트》에서 이렇게 말한다. "이로부터 시가 나온다: 우리는 우리 것이 아닌 곳에, / 우리 자신이 아닌 곳에 산다. / 그리고 화려한 날들이어도 힘이 든다."

그렇다고 해서 시나 소설이 세상을 회피한다는 말은 아니다. 오히려 그것은 유아의 놀이처럼 인간의 마음이 현실을 다루고, 현실을 말하고, 상상력으로 다시 만들고, 현실에 대해 "만약"이라는 질문을 던질 수 있는 공간을 찾으려는 시도다. 허구는 현실을 극복하지 못한다. 오히려 보르헤스의 〈틀뢴, 우크바르, 오르비스 테르티우스〉에서 알 수 있듯이, 허구와 현실을 혼동해서는 안 되며, 허구는 현실을 창의적으로 논평할 수 있는 공간 속에 있어야 한다. 위니콧은 심리치료를 설명하면서 놀랄 만한 주장을 펼친다.

심리치료는 환자와 치료사의 두 놀이 영역이 겹치는 곳에서 이루어진다. 심리치료는 두 사람이 함께 노는 것과 관련이 있다. 이 주장의 결론은, 만약 놀이가 불가능한 곳이라면 치료사는 환자를 놀 수 없는 상태에서 놀 수 있는 상태로 만드는 데에 초점을 맞춘다는 것이다. (원문 강조)

환자를 놀 수 있는 상태로 만드는 치료사의 작업은 소설 작업에도 핵심적이다. "옛날 옛적에" 또는 "어둡고 폭풍우가 치는 밤이었다"로 운을 떼는 방법은 듣는 사람을 놀이 상태로 유도하는 가장 단순한 전략이다. 현대문학에서는 첫머리를 시작하는 방법이 훨씬 더 복잡하고 다양하다. 예를 들어 헨리 제임스의《나사의 회전》의 첫 문장을 보라. "화로 앞에 모여 그 이야기를 들을 때 우리는 숨을 죽인 채 가만히 앉아 있었다." 그다음 청자가 훨씬 더 끔찍한 이야기(또 다른 나사의 회전)를 해 보겠다고 나설 것이다. 물때를 기다리는 넬리호의 청중들이 말로가 들려주는 어둠의 이야기를 듣고 있다고 생각해 보라.

위니콧의 심리치료를 위한 놀이 공간은 프로이트가 정신분석에서 환자와 분석가 사이의 전이transference, 즉 유아기 감정이 반복과 행동의 형태로 재생되는 공간에 대해 말한 것을 떠올리게 한다. 과거를 반복하는 행동 패턴은 치료를 통해 해소해야 하는 강박, 억압, 저항을 가리킨다. 프로이트는 전이를 과거의 반복을 이해하고 관리하는 "놀이터"라고 불렀다.

따라서 전이는 질병과 현실 사이에 중간 영역을 만드는데, 이 공간을 통해 한쪽에서 다른 쪽으로의 이행이 이루어진다. 새로운 상태는 질병의 모든 특징을 이어받는다. 그러나 이 상태는 인위적인 질병으로, 모든 지점에서 우리가 개입할 수 있다. 그것은 실제 경험의 일부이지만, 특히 유리한 조건에 의해 가능해진 경험이며 잠정적인 성격을 띤다.[6]

전이의 "중간 영역"(프로이트의 용어로는 Zwischenreich)은 위니콧의 중간적 놀이 공간과 매우 흡사하다. 그리고 프로이트의 "놀이터Tummelplatz"는, 심리치료는 두 사람이 함께 놀아야 한다는 위니콧의 주장을 떠오르게 한다. 정신분석요법과 "치료"의 전제 조건은 놀이 공간에 들어갈 수 있는 능력이다.

정신분석학이 묘사하는 이와 같은 인간 이해("인간 본성"이라는 표현은 어떤 문제적인 것을 암시하므로 사용하기가 꺼림직하다)는 우리 모두를 잠재적인 시인으로 만든다. 라이오넬 트릴링이 말하듯이, 프로이트가 보는 마음은 "시를 쓰는 기관"[7]이다. 구조주의 언어학의 맥락에서 프로이트를 다시 읽은 자크 라캉도 이와 비슷한 결론에 도달한다. 프로이트가 분석한 꿈 작업의 응축condensation과 치환displacement은 라캉에 의해 언어의 기본 기능인 은유와 환유로 재탄생한다.

인간은 언어에 입문하는 순간부터 거짓말쟁이, 물건 성애자, 현실을 왜곡하는 사람은 물론이고 꿈꾸는 존재, 허구를 꾸미는 존재가 되기 십상이다. 허구를 만드는 능력은 자아와 세계의 진실을 찾는 근본 바탕이 되지만, 그것이 진실을 보장하거나 정신적 안정을 가져다주지는 않는다. 진리와 비진리의 수단은 다르지 않다. 그러나 허구를 생산하는 능력은 이해와 성찰의 공간을 마련하는 데에 매우 중요하다.

프로이트 이후 정신분석학은, 분석과 치료의 목적이 환자의 이야기를 정확하게 파악하는 것이라고 주장하면서 서사를 최상의 지위로 끌어올리는 경향이 점점 더 강해졌다. 프로이트는 1905년에 발표한 "도라"(《히스테리 사례 분석》)의 사례에서 이러한 경향의 징조를 보여 주었다.

나는 환자에게 인생과 질병을 다 이야기해 달라고 부탁하면서 치료를 시작한다. 그럼에도 불구하고 내가 받은 정보만으로는 문제를 해결하는 데에 애로가 적지 않다. 이 첫 번째 이야기는, 돌무더기에 물길이 막히거나 여울과 모래톱 사이로 갈라지고 사라져 버려 배가 다닐 수 없게 된 강에 비유될 수 있다. 히스테리의 경우 전문가라는 사람들이 어떻게 그렇게 매끄럽고 정확한 병력을 기록할 수 있는지 정말 궁금하다. 사실로 말하자면, 환자들은 자신에 대해 그러한 방식의 보고를 할 수가 없다. 물론 특정 시기에 한해서는 상당량의 일관된 정보를 제공할 수 있다. 그러나 그다음에는 의사소통 능력이 고갈되어 채워지지 않은 공백도 생기고 풀리지 않는 수수께끼도 생기는 또 다른 기간이 뒤따를 것이고, 그 다음번에는 도무지 알 길이 없는, 쓸모 있는 정보로도 알기 힘든 또 다른 기간이 올 것이다. 표면상의 연결 고리도 대부분 일관성이 없고, 사건의 순서도 뒤죽박죽이다. 환자들은 이야기하는 도중에도 특정 내용이나 날짜를 몇 번이나 정정하고, 한참을 망설이다가 처음 했던 이야기로 다시 돌아가기도 한다. 환자가 병력과 일치하는 지난 인생사를 조리 있게 이야기

하지 못하는 것은 단지 신경증만의 특징이 아니다. 이는 이론적으로도 큰 의미를 지닌다.[8]

환자가 맨 처음 꺼낸 일관성 없는 이야기는 "이론적 중요성"을 가지는데, 그것은 억압과 저항으로 인해 공백과 봉쇄가 발생하고, 너무 고통스러워 기억할 수 없고, 그래서 기억에서 "망각된" 자료가 있다는 생각에서 비롯된다. 트라우마는 질서 정연한 이야기의 일부가 되기를 거부하지만, 그 이야기를 파악하는 데에 중요하다.

프로이트가 병력病歷을 연구에 활용한 것을 보면, 내러티브가 정신분석학에서 근본적인 역할을 담당했음을 알 수 있다. 초기작 《히스테리 연구》에서 그는 자신의 사례 발표가 단편소설처럼 읽힌다는 사실에 놀랐다고 고백하며, 이야기가 증상의 발달과 발현을 파악하고 그 원인을 발견할 수 있는 유일한 방법이라고 주장했다. 히스테리는 앞으로 나아가는 움직임을 봉쇄하는 것으로 발현되지만, 시간이 흐르면 몸에 상징적으로 고착되어 신체적 증상으로 나타난다. 분석의 과정은 인과관계를 복구하고 시간을 되돌림으로써 이야기를 앞으로 나아갈 수 있도록 하는 것이다. 환자는 결국 삶의 이야기와 미래 가능성에 대해 실현 가능한 느낌을 회복할 수 있어야 한다. 병력은 모범적인 이야기를 보여 준다.

즉, 한 개인이 하나도 남김없이 상세하게(각 사항이 그 자체로 하나의 이야기가 되기에 충분하다) 자신을 밝히는 이야기이며, 서사의 고전적인 사례를 보여 준다.

병력 기록이 프로이트의 후기 사상에서 차지하는 위치는 더 복잡해지지만, 과거를 밝혀내고 이를 현재에 통합하는 것이 본래의 목적이다. 늑대 인간(《유아 신경증의 역사에서》)의 경우, 프로이트는 유아 세르게이 P가 부모가 성교하는 장면, 즉 실제로는 전혀 기억하지 못하지만 분석가와 환자가 트라우마적인 늑대 꿈을 통해 재구성한 "원초적 장면"을 실제로 목격했는지를 고민한다. 아니면 "원시적 환상"이었을까? 이 논의의 결론은 없다. 프로이트는 이 증상의 경우 진짜였다고 생각하기는 했지만, 환상도 그에 못지않게 트라우마의 원인이 될 수 있다고 믿었다.

프로이트는 정신분석 기법을 다룬 마지막 논문 〈분석의 구성〉(1937)에서 이 증상을 다시 다루면서, 분석가의 목적은 〈도라〉에서 밝힌 바와 같다고 말한다. "우리가 찾는 것은, 신뢰할 수 있고 모든 본질적인 면에서 완전한 환자의 망각된 과거다." 그러나 여기서 프로이트는 잊혀진 과거의 모습을 논란의 여지가 많지만 부분적으로 복구하는 방법을 변수에 넣는다. 분석가의 작업이 과거 서사의 요소들을 구성하는 것이라면(환자는 이를 승인하거나 거부하는데, 거부할 경우

분석가는 가설을 폐기한다), 다음과 같은 일이 발생한다.

　　분석가의 구성에서 시작된 경로는 환자의 회상에서 끝나야 하지만, 그 정도까지 일이 진척되는 경우는 흔치 않다. 우리가 할 일은 억압된 것을 기억하도록 만드는 것이지만, 성공하지 못할 때도 많다. 그 대신 분석이 올바르게 수행되었을 때, 우리는 환자에게 구성의 진실에 대한 확신을 심어 줌으로써 기억을 되찾은 것과 동일한 치료 결과를 얻을 수 있다.[9]

여기서 분석을 통해 만들어진 이야기가 환자의 병력을 완전히 복구하지 못했을지도 모른다는 프로이트의 실토는 마치 주장처럼 들린다. 서사의 신뢰성과 치료 효과는, 과거사를 완벽하고 충실하게 재현하는 것보다는 그 서사의 설득력에 달려 있다. 우리에게 필요한 것은 이야기의 진실에 대한 "확신"이다. 초래된 결과를 놓고 보았을 때, 아마 과거에 일어난 일은 틀림없이 이러했을 것이다, 라는. 이는 버지니아 울프가 "에드워드 시대 사람들"로 명명한 아널드 베넷 같은 작가보다는 헨리 제임스나 버지니아 울프, 윌리엄 포크너의 스토리텔링과 더 비슷하다. 프로이트는 서사적 모더니스트들과 맥을 같이한다.

프로이트는 이야기를 바로잡는 일에 몰두하고 "잊혀진 과거"의 분실된 부분들을 메우기 위해 구성 작업에 전념했지만, 그의 뒤를 이은 일부 정신분석가들은 한 걸음 더 나아가 환자와 분석가의 대화를 통해 구성된 이야기의 사실성은 전혀 중요하지 않으며, 중요한 것은 이야기 그 자체, 즉 치료적 확신을 만들어 내는 이야기의 능력뿐이라는 주장을 펼친다.[10] 삶의 의미를 찾는 이야기의 힘이 가장 중요하다는 뜻이다. 이 중에서 가장 극단적인 주장은 일부 서사 분석(가령, 자서전)과 심리학에서 특징적으로 나타난다. 예를 들어, 제롬 브루너가 그렇다.

나는 직관적으로 명확하고 본질적인 자아, 즉 이미 존재하는 까닭에 말로 설명하기만 하면 되는 자아라는 것은 사실상 존재하지 않는다고 과감하게 주장하고자 한다. 오히려 우리는 과거의 기억을 본보기로 삼고 미래에 대한 희망과 두려움의 안내를 받아 우리가 직면하는 상황에 맞게 끊임없이 자아를 구성하고 재구성한다. 자기 자신에 대해 이야기하는 것은 우리가 누구이고 무엇인지, 무슨 일이 일어났는지, 왜 우리가 지금 하는 일을 하는지에 대해 이야기를 만들어 내는 것이나 다름없다.[11]

앞서 언급했듯이, 브루너의 주장은 논쟁의 여지가 전혀 없는 것으로 보인다. 즉, 우리는 스스로에게 이야기하며 끊임없이 이야기 속에 우리 자신을 다시 놓는다. 그러나 이러한 서사주의적 입장은 갤런 스트로슨이 말한 "우리 시대의 오류"로 변질될 우려가 있다. 브루너는 다른 곳에서 이렇게 말한다. "결국 우리는 우리의 삶을 '이야기'하는 자서전적 서사가 **된다**." 또는 올리버 색스가 주장하듯이, "이 서사는 우리 자신이자 우리의 정체성**이다**."[12]

자아 서사가 곧 나이기를 바랄 수는 있다. 그러나 이는 지나치게 이상주의적인, 심지어 독아론獨我論적 입장인 것 같다. 자아에 관한 담론은 서사를 통제하는 자아의 능력에 의문을 던지는, 질병과 죽음을 포함한 온갖 운명의 반전에 직면한다.

인간은 화자이지만 삶의 저자는 아니라는 폴 리쾨르의 구분은 매우 유용하다. 그에 따르면, "소크라테스적인 의미에서 **성찰된** 삶은 **이야기된** 삶"이다. 삶에 대한 서사는 삶 자체가 아니라 분석적 성찰 과정에 놓인다. 리쾨르는 현실의 표상으로 이해되는 미메시스는 실제 대상의 재현이나 복제가 아니라 "허구의 공간을 여는 시작"[13]이라고 강력하게 주장한다.

허구는 이해의 장이다. 이는 **타인의 이야기**를 통해 우리의 "떨고 있는 삶"을 이해하고자 한다는 벤야민의 주장을 간접적으로 확인할 수 있는 대목이다. 자기를 인식하는 자아 화자로서 우리는 내러티브가 우리의 문제와 타인의 문제를 해결하는 데에 불충분하다는 점을 인식해야 한다. 우리는 플로베르의 《감정 교육》에 등장하는, 실패한 삶에 관한 이야기로 스스로를 위로하는 프레데릭과 그의 친구와 지나치게 닮아 있는지도 모른다. 루카치가 주장하듯이, 기억 그리고 기억에서 찾아낸 이야기는 시간과 끊임없는 싸움을 벌이지만, 항상 패배한다.

공간과는 다른 방식으로 시간은 인간에게 문제적이다. 인간은 죽을 수밖에 없는 존재이며, 장소보다는 시간의 구속을 극심하게 받는 존재다. 리쾨르는 인간의 시간 경험이 서사를 통해 재구성되는 방식을 가장 광범위하게 연구했으며, "서사적 방식으로 표현되는 한에서 시간은 인간적이며, 서사는 시간적 존재의 조건이 될 때 완전한 의미를 획득한다"고 주장한다.

장소를 바꾸고, 지방에서 도시로 이동하고, 많은 곳을 방황하고, 여행하면서 모험을 좇는 이야기를 다루는 소설도 많다. 하지만 시간은 풀리지 않는 문제다. 시간이 인간 존재에 부과하는 한계는 소설의 본질이다. 소설은 허구적 인물의 삶의 변화를 기록하기 때문이다. 이는 수많은 디킨스 소설의 마지막 장면처럼 최종적으로 칭찬과 비난, 처벌과 보상의 분배로 종결될 수 있지만, 《빌레트》처럼 시간, 삶, 이야기의 상호작용에 대한 더 많은 문제 제기로 이어질 수도 있다. 시간성을 다룬 가장 거대한 시도인 프루스트의 《잃어버린 시간을 찾아서》는 주인공이 "시간의 형태"를 가진 책을 쓰기로 결심하지만, 그와 동시에 이를 완성할 시간이 충분한지 자문하는 것으로 끝난다. 죽음의 위협을 느끼면서 이야기를 들려주는 셰에라자드의 모습을 다시 한 번 떠올리게 된다.

나의 삶이 내가 나 자신에 대해 말하는 이야기에 불과하다고 주장하는 것은 중요한 진실을 하찮게 만드는 일이다. 이러한 주장은 내가 말하려고 하는 내러티브에 관한 이야기에 어김없이 등장한다. 위대한 소설가들은 내러티브를 통해 삶을 만들고 이해해야 한다는 점을 인식했다. 그러나 그들은 또한 소설이 삶에 부과할 수 있는 질서의 한계를 알고 있었다. 소설은 사유의 세속화와 더불어 지배적인 형식이 되었다. 여기서 사유의 세속화란, 영원 속에서 시간을 되찾겠다는 어떤 거창하고 신성한 계획이 아니라 바로 지금 여기에서 인간 삶의 의미를 구해야 한다는 생각을 말한다. 그 방대함 덕분에, 소설은 벤야민의 표현으로 세속적 고독 속에서 인간이 그리워하고 갈망하는 삶의 의미를 찾는 이상적인 방법이 되었다. 그리고 소설이 지배하던 시대에도, 형식을 추구하는 소설이 형식이 없는 삶의 경험, 의미의 완결성이 없는 삶의 경험을 충실하게 담아내지 못한다는 비판이 따랐다.

지배적 서사 패러다임에 찬성하지 않는 사르트르는 이야

기와 삶을 구분한다. 《구토》에 등장하는 그의 가상 대변인 로캉탱에 따르면, 우리가 이야기할 때(삶과 반대로) 처음부터 시작하는 것처럼 보이는 것은, 사실 "결말이 모든 것을 변화시키기"[14] 때문이다. 소설을 읽기 시작할 때, 우리는 결말이 어딘가에 있다는 것을 안다. 그래서 그 주인공은 "모험을 알리지 않는 모든 것에 대해 눈과 귀를 닫고, 알림처럼, 약속처럼" 현재를 산다. "우리는 미래가 아직 오지 않았다는 것을 잊어버린다." 소설적 인간은 필연적으로 "모험"의 일부다. 모험의 라틴어 어원 advenire는 앞으로 올 미래를 가리킨다. 따라서 사르트르는 오늘날의 "자전적 소설가"가 그렇듯이, 현실의 우발성을 왜곡함으로써 자유를 망각하게 하고, 끊임없이 변화를 선택해야 하는 의무를 완수하지 못하게 만든다며 소설을 거부한다.

그럼 서사적 형식을 거짓으로 보아야 할까? 만약 거짓이라면, 그것은 인간이 곧 서사라고 주장하는 브루너와 같은 사람들이 우리를 망상에 빠뜨리고 우리가 원하는 대로 현실에 질서를 부과하는 신과 같은 능력을 갖고 있다고 맹신하게 만든다는 뜻이다. 그러나 그럴 가능성이 있다고 해서 내러티브를 포기할 이유는 없다. 우리는 여전히 삶과 시간의 흐름 속에서 질서와 의미를 찾으려고 노력해야 하기 때문이다. 그러나 그와 더불어 서사를 충만한 의미 조건으로 생각한다는 것은, 보르헤스가 틀뢴에 대해 말하듯이 서사가 천사의 규율이 아니라 인간의 규율임을 우리가 인식하면서 살고 있다는 점을 암시한다. 결국 죽음의 승리로 귀결되는 시간과의 투쟁에서 스토리텔링이 할 수 있는 것은 많지 않다. 내가 주장했듯이, 우리는 허구의 허구성을 항상 인식하면서 허구를 이용해야 한다. 허구는 "만약"이라는 가정을 이용하여 현실을 구성하는 일이며, 우리는 현실의 혼란 때문에 죽지 않으려면 허구를 창조적으로 사용해야 한다. 그러나 허구는 현실이 아니다.[15]

놀이를 다룬 실러와 위니콧 등 여러 저자들에 따르면, 놀이는 자아와 세계 사이의 공간을 창조하는데, 놀이가 지속되는 동안 인간은 필연의 법칙으로부터 해방되기 때문에 만족감을 느낀다. 스토리텔링을 비롯한 예술의 적응 기능을 다룬 "진화 비평가들evocritics"의 최근 연구는 설득력이 있을 수도 있고 없을 수도 있다. 내가 보기에 진화 비평은 코끼리에게 코가 있다는 현재 상황을 코끼리 코가 코끼리를 서식지에 더 잘 적응하게 만든 이유에 관한 이야기("코끼리는 어떻게 코를 갖게 되었을까")로 설명하는 추측성 가설과 비슷하게 들릴 때가 많다.[16]

설명은 설명 대상의 특징에 따라 달라진다. 그럼에도 불구하고 스토리텔링이 현실 적응에 중요하다는 주장은 옳다.

다원주의자 조셉 캐롤은 다음과 같이 말한다. "문학과 예술은 나침반, 육분의, 음파 탐지기 같은 방위方位 장치인데, 개인의 발전에 꼭 필요할 뿐만 아니라 개인 정체성을 문화 질서에 통합하는 데에도, 개인이 그가 사는 더 큰 세계에 창의적으로 적응하는 데에도 필수적이다."[17] 허구적 서사는 과거의 교훈을 전달하고, 미래를 생각하는 방법을 제시한다. 이처럼 허구적 서사가 가르치는 상상력 놀이를 통해 우리는 주변 환경, 그 위험성과 가능성에 대해 효과적으로 반응할 수 있다. 내러티브가 인지적 도구라는 나의 주장도 이와 다르지 않다.

나의 주장에 특별히 도움이 된 것은 유아기 놀이와 창의성에 대한 위니콧의 연구다. 그에 따르면, 흉내 내기 놀이 능력과 그 욕구는 유아와 어머니 사이의 과도기적 공간에서 일찍부터 발현한다. 심리학자 폴 해리스는 허구를 지향하는 아이의 성향은 만 2세 무렵에 언어와 함께 나타난다고 주장한다. 그가 말하는 허구란 스스로 흉내 내기임을 인식하는 흉내 내기, 허구에 대한 믿음과 현실에 대한 인식을 동시에 견지하는 흉내 내기를 의미한다. 아이들은 사실에 어긋나는 허구의 사용 방법을 알고 있다. 감정을 일으키는 원인이 가짜라는 것을 인식하면서도 놀이를 통해 감정을 경험한다. 해리스의 용어로 말하자면, 아이들은 놀이 세계로의 "주관적 치환"이 가능하다.

즉, 허구를 만드는 인간의 능력은 아주 이른 나이 때부터 이미 존재하는 것으로 보인다. 이 능력은 후천적으로 학습되는 것이 아니며, 기본적인 지식 습득 능력에 덧붙은 일종의 부가적 요소도 아니다. 앞서 언급했듯이, 브루너는 어린 아이들이 경험적 진리를 발견하기 위해 실험하는 신진 과학자처럼 배우는 것이 아니라 가짜든 진짜든 이야기를 주고받으면서 배운다고 주장한다. 부모의 세계와 더 넓은 어른들의 세계를 어떻게 다룰 것인가는 어린 시절 수많은 흉내 놀이의 핵심이다. 현재의 사실적·감정적 현실을 설명하는 방법은 이야기의 형태를 띤다.

프로이트가 주목한 성과 성차性差 이야기와 이론을 보자. 즉, 스핑크스의 수수께끼를 기발한 허구로 풀어낸 이야기를 말하는데, 이 허구는 아이가 성장함에 따라 끊임없이 수정된다(물론, 성인의 성에도 유아적인 쾌락 충족의 시나리오가 계속 작용한다). 아이의 설명적 허구는 어른이 되어서는 강력한 환상이 된다. 어린 시절 허구에 전념한 결과, 환상은 어른이 되어서도 오랫동안 지속된다. 우리는 모두 허구주의자다. 우리 삶에 대해서도.

철학자 찰스 테일러는 담론이 근본적으로 상호 주체적이라는 벵베니스트의 주장과 비슷하게, 인간이 "상호 대화의 그물망"의 일부라고 주장한다. 테일러는 상호 대화적 상황이 우리의 삶을 뒷받침한다고 본다. 그에 따르면, 인간은 사회적·윤리적 존재로서 필연적으로 다른 사람들과 상호작용하고, 그 상호작용에 의해 결정되는 존재라고 말한다.[18] 이는 타인을 단지 목적 달성을 위한 도구로 이용해서는 안 되며, 그 자체로 자율적인 윤리적 존재로 간주해야 한다는 칸트의 격언과 맞닿아 있다.

물론 이기적인 조작과 유혹이 팽배한 세상에서 이 격언을 위반하는 사례가 허다하므로 그 "의무"의 영향력은 의문이다. 소설에는 그처럼 권력을 남용하는 자들이 가득하다. 그리고 그러한 사람들은 그들에게 당한 사람, 그들을 응징하는 사람들과 함께 소설의 상당 부분을 차지한다. 사람을 대하는 그릇된 방식과 올바른 방식에 대한 문제는 소설 속 어디에나 존재한다. 리처드슨부터 톨스토이와 프루스트, 쿳시와 이시구로에 이르기까지 거의 모든 주요 소설가들이 증명하듯이, 소설은 그러한 갈등을 다루는 형식이다.

헨리 제임스는 여러 면에서 인간관계를 다룬 최고의 소설가다. 그가 가장 매혹을 느끼면서도 가장 두려워한 것은, 사람들이 다른 사람을 조종하는 방식이다. 가령, 이사벨 아처는 길버트 오스몬드에 의해 조종당하고, 어린 메이지 파레인지가 성인 세계에 의해 조종당하고, 밀리 실이 케이트 크로이에 의해 조종당한다. 목록은 얼마든지 더 길게 만들 수 있다. 다른 많은 소설가들과 마찬가지로 제임스에게도 타인을 조종하고 목적을 위해 누군가를 수단화하는 것은 그 사람의 자유를 부정하는 행위다. 자유란 다른 어떤 것과도 바꿀 수 없는, 인간성을 규정하는 근본이기 때문이다. 자유를 박탈한다는 것은 최악의 윤리적 결함이다. 또한 제임스가 생각하듯, 소설가에게는 일종의 기술적·미학적 결함이기도 하다. 소설가는 자신이 창조한 인물이 최대한 잠재력을 발휘할 수 있도록 자유를 부여할 의무가 있다.

이는 〈소설의 미래〉와 〈발자크의 교훈〉 등에서 제임스가 여러 차례 밝힌 적이 있는 주장이다. 여기서 비판 대상은 W. M. 새커리다. 새커리는 《허영의 시장》 여주인공 베키|레베카|샤프가 항상 엄격한 도덕적 판단의 통제를 받아야 하고, 그 자체로 존재하기보다는 비난할 만한 행동의 사례로만 간주되어야 한다고 주장한다. 새커리가 베키를 대하는 태도는 발자크가 《사촌 베트》의 악당 발레리 마르네프를 대하는 태도와 대조적이다. 제임스는 "나는 이 인물을 좋아한다"는 이폴리트 텐의 말을 인용하면서, "발자크는 발레리를 사랑한다"고 말한다. 제임스는 계속해서 다음과 말한다.

"마담 마르네프의 창조자는 바로 이처럼 각각의 인물, 가장 선명하고 생생한 인물들을 사랑했고, 그래서 인물들을 묘사할 수 있었다."

사랑, 즉 인물들이 전달하고 표현하는 움직임, 스스로 일어서고 움직이면서 인물에 딱 맞는 행동을 하는 데에서 느끼는 기쁨은 내가 말한 포화 상태saturation | 인물을 충분히 잘 알고 이해하는 상태 | 를 가능하게 한다. 준비하느라 작업에 불가피한 공백이 생기거나 작업하는 도중에 차질이 빚어지거나 오랜 시간 방에 갇혀 작업을 해야 했을지라도, 발자크는 바로 그런 사랑과 기쁨에 힘입어 그에게 꼭 필요한 앎으로 가는 지름길을 찾을 수 있었다. 발자크는 인물들을 소설의 주제로, 애지중지하는 금덩어리로 사랑함으로써 그들을 알게 된다. 그들을 알기 때문에 사랑하는 것이 아니라는 뜻이다. 이 모든 것은 주체의 자유에 대한 존중으로 귀결된다. 감히 말하건대 자유에 대한 존중이야말로 최상급 소설가의 위대한 징표다.[19]

제임스의 요점은 새커리보다 발자크를 더 좋아한다는 사실에 그치지 않는다. 내가 제임스를 이렇게 길게 인용하는 이유는, 그가 말하는 바가 그의 소설 쓰기뿐만 아니라 장르로서의 소설 자체에도 결정적으로 중요하다고 믿기 때문이다.

그렇다고 목적을 위해 타인을 이용하려 드는 사기꾼 같은 인물이 소설에 없다는 말은 아니다. 또는, 소설이 반드시 자유 영혼의 승리를 찬양한다는 말도 아니다. 더욱이 모든 소설가가 "주체의 자유"를 존중해야 한다는 제임스의 주장에 동의한다고 말하는 것도 아니다. 그런 소설가도 새커리만큼이나 인물을 조종할 수 있다. 사르트르는 프랑수아 모리아크의 소설에 대해 이와 비슷한 불만을 토로한 것으로 유명하다. 그는 다음과 같이 비판을 갈무리한다. "신은 소설가가 아니며, 프랑수아 모리아크도 소설가가 아니다."[20] 그러나 소설은 문학 형식 중에서 가장 규칙의 지배를 덜 받고(앙드레 지드의 표현으로는 "무법적"이다), 어떤 상황에도 가장 잘 적응한다. 제임스에 따르면, 소설이 누리는 제멋대로의 자유는 소설의 주제와 방법을 결정하는 핵심 요소여야 한다.

소설가들은 제약하는 규칙이 부재한다는 점에서 소설의 가치를 높이 평가한다. 하지만 그 자유는 지나치게 보일 수 있다. 자서전《말》에서 사르트르는 신진 소설가 시절에 연재소설을 쓰던 중 자기 마음대로 할 수 있는 소설가의 엄청난 힘을 어떻게 발견했는지 설명한다. 소설가는 다음 에피소드에서 주인공 데이지를 죽일 수도 있다.[21] 또는 눈을 뽑아 멀게 할 수도 있다. 사르트르는 이 힘이 무섭다고 생각했다. 그 힘을 사용하는 방법은 지극히 자의적이다. 존재에 부당하고 변덕스러운 제약을 부과하기 때문이다. 소설가라면 누구나 사르트르처럼 삶을 마음대로 움직일 수 있다는 사실에 분명 공포 비슷한 감정을 느낄 것이다. 나도 두 편의 소설을 쓰면서 매일 아침 글을 쓸 때마다 감당하기 힘든 가능성과 선택에 직면했던 기억이 난다. 발자크도 이와 비슷한 느낌을 받았을 것이다. 그의 작품에는 삶을 마음대로 좌지우지하는 권력을 추구하다가 망가지고 미쳐 버린 예술가, 과학자, 사상가들의 이야기가 숱하게 담겨 있다. 그래도 새로운 소설의 표지를 펼칠 때, 우리는 그 소설이 하나의 삶을 어떻게 확장하고 자유롭게 할지 기대감에 들뜬다. 제임스는 작가 지망생들에게 이렇게 조언한다. "소설에 완전한 자유를 부여하라. 소설을 방목하라."[22]

모든 주제를 제약 없이 자유롭게 다루는 곳, 그 자유를 자유롭게 다루는 곳으로 소설을 귀하게 여기는 것은 테일러가 언급한 "평범한 삶에 대한 긍정"[23]과 연관된다. 근대가 도래하고 소설이 우위를 차지하자, 문학은 서사시적 영웅의 이야기나 신성한 알레고리에 마침표를 찍었다. 그에 따라 일상의 삶, 평범함이 핵심적 관심사로 부상했다. 18세기 프랑스에서 날개 돋친 듯 팔린 소설《신엘로이즈》의〈두 번째 서문〉에서 루소는 등장인물, 그들의 환경 및 행위의 진부함에 주목한다. 작가와 독자가 대화를 나누는 형식을 취하는 이 글에서 독자는 불만을 토로한다. "사람들이 자기 집에서, 남의 집에서 맨날 보는 것을 글로 쓰는 게 대체 무슨 소용 있을 까?"[24] 물론 루소는 일상생활을 충실히 기록했다는 비판을 비판이 아니라 칭찬으로 받아들인다. 아무튼 독자의 비판에 대한 루소의 대답은, 자기 소설은 사실 소설이 아니라 오히려 인간의 실제 모습을 있는 있는 그대로 보여 주는 편지 모음집(서간체소설)에 가깝다는 것이었다. 이는 왜 루소의 소설이 그렇게 긴지도 말해 준다. 인물을 알기 위해서는, 그들의 결점, 미덕, 삶 전체를 알기 위해서는 시간이 걸리기 때문이다. 루소는 백 년이 지난 후 "리얼리즘"으로 알려진 장르, 즉 일상생활을 주제로 삼은 소설 장르를 강하게 옹호하는 글을 쓴 셈이다.

소설은 일상을 탐구하고 일상적인 관계와 사건을 독자의 관심 대상으로 삼는데, 이는 아이들이 놀이에서 보여 주는 것과 똑같은 인간의 기능과 연관된다. 소설과 놀이 모두 현실이라는 무자비한 메커니즘 속에서 자유의 공간을 만들어 낸다. 성공적인 소설의 경우, 그 놀이 덕분에 우리는 더 큰 지혜로 무장한 더욱 나아진 존재로 현실에 복귀한다. 수백 년 동안 순수문학 소설가들이 주장해 온 내용이다. 소설이 현실을 외면한다는 비판에 대해 그들은 소설이라는 우회를 통해 현실을 더 많이 알 수 있고, 삶을 살아갈 때 무엇이 중요한지 더 잘 이해할 수 있다는 주장으로 맞대응한다. 폴 해리스는 언어의 출현과 가상의 상황, 즉 허구를 만드는 능력의 등장이 호모사피엔스의 진화 과정에서 어떻게든 융합되었다고 주장한다. 이제 인간은 언어가 만든 존재일 뿐만 아니라 상상력이 만든 존재이기도 하다. 소설은 그러한 상상력에 매우 효과적으로 기여한다.

이 책에서 나는 여러 담론 공동체를 넘나들며 서사를 사용하고 남용하는 다양한 방식들을 살펴보았다. 서사는 어디에서 생겨났을까? 어쩌면 당연한 내용일지도 모르지만, 반복할 만한 가치가 있다. 우리는 괴로운 처지를 비관하며 죽지 않으려고 허구를 만든다. 허구 만들기는 생존에 꼭 필요한 놀이다. 세상에서 내가 차지하는 위치를 이해하는 능력에 필수적이기 때문이다. "만약"을 통해 허구적으로 말하는 능력은 인간의 언어능력에 속한다. 어쩌면 모든 언어는 실제와 무관하고, 단지 인간이 현실에서 어떤 피난처를 마련하려고 만들어 낸 집일지도 모른다. 그에 대해 명확한 결론은 내릴 수 없다. 그러나 언어를 사용하는 한, 좋은 허구든 나쁜 허구든 우리는 담론적 능력의 일부로서 허구를 가질 수밖에 없다.

좋은 허구와 나쁜 허구. 허구가 인류의 번영에 이바지한다는 보장은 없다. 특정 허구가 모든 것을 설명하는 지배적 지위를 차지했을 때 무슨 일이 벌어졌는지 역사를 되짚어 볼 필요도 없다. 특히 분노, 사회적 배제나 무력감에서 생겨난 신화는 더욱 그렇다. 부도덕한 권력추구형 인간들은 정의 실현을 위해 권력을 추구하는 사람들보다 그 수가 압도적으로 많다. 그들은 권력 장악과 전체주의 권력 행사를 가능하게 하는 신화를 널리 퍼뜨리고 스스로 그 신화를 맹신한다. 신화 비판은 계속되지만, 변화는 요원하다.

나는 〈왕좌의 게임〉에서 티리온이 브랜에게 통치권을 부여하는 대사를 인용하는 것으로 이 책을 시작했다. 이제 다시 그 대사로 돌아왔다. "세상에 좋은 이야기보다 더 강력한 것은 없다. 그 무엇도 이야기를 막을 수 없다. 그 어떤 적도 이야기를 이길 수 없다." 유감스럽지만 사실이다. 합법적인 정권은 잘 구성된 이야기 앞에서 무너지고, 사람들은 순종적으로 변한다.

이야기는 강력하다. 그래서 강력한 비판적 대응이 필요하다. 우리는 총괄적 설명 능력이 있다는 이야기의 주장을 해체하고 문제 삼아야 한다. 이 간단한 인식을 염두에 두고, 우리가 논의를 시작한 곳으로 되돌아간다. 이야기, 즉 서사적 허구는 그 자체로 긍정적 또는 부정적 가치가 없다. 나쁜 일에 쓰일 수도 있고 좋은 일에 쓰일 수도 있다. 우리는 의심을 거두지 않으면서도 다른 세계를 상상하고 창조하는 인간의 능력을 찬양해야 한다. 우리는 중단 없이 이야기를 전하고 이야기를 들어야 한다. 그러나 이야기에 대해 좀 더 주의 깊고 비판적인 태도를 견지하는 것도 나쁘지 않다. 이야기는 교묘하다. 일부러 그렇게 만들기도 한다. 경계심이 필요하다. 그와 동시에 "유용한" 도구적 지식에 대한 집착이 심해지는 사회와 교육제도에서, 우리는 놀이의 정신이 인간 발달에 여전히 중요하다는 점을 강조해야 한다. 월리스 스티븐스의 시어를 빌리자면,

> 저녁 첫 불을 켜라 마치 방에 있는 듯,
> 거기서 쉬는 듯, 아무리 사소한 이유라도 생각하라
> 상상의 세계가 최고의 선善이라고.[25]

> Light the first light of evening, as in a room
> In which we rest and, for small reason, think
> The world imagined is the ultimate good

"사소한 이유"와 "최고의 선" 사이에 "상상의 세계"를 배치하여 균형을 잡음으로써 스티븐스는 최적의 장소에 우리를 위치시킨다. 어둠의 파괴력을 경계하면서 어둠에 맞서 허구의 이성을 주장하는 일, 이것이 바로 우리가 나아갈 길이다.

❻

법의 이야기, 법 속의 이야기

법원과 송사訟事가 생겨난 이래로 법은 이야기로 가득하다. 변론과 주장, 판결을 통해 법은 끊임없이 서사를 활용하지만, 그 서사에 분석적 주의가 필요하다는 인식은 거의 없다. 법에서 스토리텔링이 담당하는 무수한 역할은 일종의 억압된 법적 무의식, 즉 존재하지만 분석되지 않고 실제로 분석이 필요하다고 여겨지지 않는 무의식을 구성한다.

판사와 변호사는 대체로 이야기를 경멸하는 태도를 보인다. 그런데 여기에는 어떤 공포도 섞여 있다. 이야기가 도를 넘어 감당이 안 되면 문제가 발생한다. 대개는 감정적 분쟁의 형태로 나타난다. 법정 소송은 이야기를 적절하게 통제하도록 설계되어 있다. 반대 심문은 이야기를 여러 부분으로 쪼개고, 심문을 담당한 검사가 원하는 이야기의 진행 방식에 이야기를 끼워 맞춘다. 법정에서는 상반되는 이야기가 서로 다툰다. 또는, 우위를 점한 서사가 도전받을 때도 있다. 지배적 서사의 일관성을 무너뜨리고자 하는 상대방은 그 서사의 구성 요소와 조합에 문제가 있음을 지적한다. 법정 판결에 항소할 때, 항소는 승소한 이야기의 형식을 비판하거나 더 훌륭한 이야기를 제안하는 형태로 제기된다.

법률 곳곳에 스며들어 있지만 제대로 분석되지 않은 이야기는 다양한 방식으로 살펴볼 수 있다.[1] 여기서는 두 가지를 다루고자 한다. "사실"을 서술하는 과정(사실이 어떻게 가공

되는가, 그 효과는 무엇인가)과 대법원 의견이 헌법 해석의 역사를 반영할 때 만들어지는 서사가 그것이다.

법률의 사실과 이야기

서사적 형식으로 기술된 사실, 이는 본질적으로 루이스 O. 밍크가 말한 역사가의 임무에 해당한다. 법적 판결의 임무도 이와 비슷하다는 것은 쉽게 확인된다.

물론 법적 사실은 역사가 기술하는 사실보다는 더 최근에 발생한 사건과 연관된다. 사실을 서사적 형식에 담는 목적은 단순히 일어난 일을 그대로 기술하기 위함이 아니다. 그것은 일어난 일을 어떻게 처리할지, 즉 책임을 어떻게 배분할지, 어떻게 유죄판결을 내릴지 결정하는 것이다. conviction에는 두 가지 의미가 있다. 하나는 확신이고, 다른 하나는 유죄판결이다. 피고인에게 유죄판결convicted을 내리려면, 배심원단이 이야기의 진실성에 대해 확신conviction을 가져야 한다. 수사 또는 조사는 기초적 사실로부터 출발하며, 바로 그것이 법률이 법정에서 다루어야 하는 것이다.

더 나아가, 사건이 항소법원으로 올라가면, 법이 올바르게 적용되었는지, 즉 해당 사실이 적법하게 형식화되었는지 판단하고자 그 사실을 다시 이야기한다. 여기서 "사실"이란 과연 무엇일까? 서사적 형식의 설명과 전혀 다른 방식으로 사실을 아는 방법이 있을까? 예를 들어, 과학적 실험으로 생성된 사실처럼 독립적인 사실도 있을 수 있다. 그러나 대개 무엇이 타당한 사실인지에 대한 결정은 서사적 가설(간단히 표현하면 "찾고 있는 것")과 결부되어 있다. 전문가가 증언하는 경우에도 크게 다르지 않다.

사실은 이른바 "단서"(즉, 사슬로 연결됨으로써 어떤 이야기를 전달하는 사실들)로서 나타난다. 셜록 홈스는 왓슨 박사에게 이렇게 불평한다. "모든 것을 과학적 실험이 아닌 이야기의 관점에서 바라보는 너의 치명적인 습관이 교훈적이고 고전적인 증명을 망쳐 버렸어."[2] 홈스는 차라리 자신의 방법론을 과학 교과서 한 권으로 농축할 수 있으면 좋겠다고 말한다. 그의 작품을 유명하게 만든 그 방법론을 도리어 불만스럽게 비판한 셈이다. 범죄를 추적하는 두 절친의 대화는 탐정 작업과 이야기가 분리될 수 없음을 보여 준다. 탐정 작업은 오로지 서사적 형식을 띨 수밖에 없는데, 여기서 서사는 사실(즉, 단서)들을 엮어 해결책을 찾는다.

형사소송절차에서는 증명하고자 하는 바에 대한 검찰의 첫 진술부터 상충하는 주장을 요약하는 최후 변론에 이르기까지, 소송 관련 사실에 대한 다양한 내러티브가 발생한다. 그리고 소송이 지속되는 경우, 하급재판에서 발견되고 입증된 사실들은 항소법원에서 다시 요약 제출될 것이다. 항소 의견의 진술서는 소송의 쟁점을 파악하는 가장 좋은 방법이다. 항소심 판사가 원심 법원에서—법률적인 표현으로 "사실 심판관trier of fact"(보통 배심원 또는 배심원 재판의 경우 판사)에 의해—확정된 사실을 간결하고 적절하게 제시하기 때문이다. 그래서 나는 법률 서사 탐구를 전형적인 항소심 의견으로 시작하고자 한다.

국민 대 재코위츠 사건(1930)에서, 뉴욕 항소법원 수석판사 벤저민 카르도조가 의견을 작성했다. 브루클린에서 총격 사건이 발생하여 피해자인 프랭크 코폴라가 사망했다. 카르도조는 서두에서 "범죄는 시인되었다. 문제가 되는 것은 범죄 등급"이라고 말한다. 그런 다음, 다음과 같은 사실을 밝힌다.

네 명의 청년(코폴라도 그중 한 명)이 브루클린 거리에서 자동차를 수리하고 있었다. 피고의 아내가 반대편에서 걸어가고 있었다. 남자 한 명이 그녀를 모욕했다. 또는, 최소한 그녀는 남자의 말을 모욕으로 받아들였다. 신문을 사고 돌아온 피고는 아내가 우는 모습을 보고, 모욕을 당했다는 이야기를 들었다. 아내는 그 모욕적인 단어를 입에 올리지 않았다. 화가 난 그는 길을 건너 가해자들에게 거친 욕설을 퍼부었다. 생존자들은 "5분 내로 안 나오면 다시 와서 다 때려 부수겠다고 그가 말했다"고 증언한다. 그는 아내와 함께 가까운 곳에 있는 집으로 돌아갔다. 그는 댄스 클럽에서 술을 마셨었고 알코올 탓인지 흥분 상태였다. 집에 돌아온 그는 아내에게 모욕적인 말이 뭐였는지 말하라고 했다. 아내에 따르면, 거기 있던 한 젊은 남자가 같이 자면 2달러를 주겠다고 했다. 다시 분노가 치민 피고는 현장에 돌아갔고, 네 명의 청년은 여전히 차에서 일하고 있었다. 경찰 진술에서 피고는 집에 있던 25구경 자동권총을 가져갔다고 했다. 원심재판에서 그는 이 권총을 저녁 내내 주머니에 갖고 있었다고 증언했다. 서로 말이 오가고 주먹다짐이 이어지고 난 후 총소리가 났다. 피고가 코폴라의 배를 발로 찼다. 코폴라가 렌치를 들고 달려들었다는 증거가 있다. 권총이 주머니에서 나왔고 한 발의 총성이 울렸고 치명적인 사태가 벌어졌다. 밖으로 나가 남편을 따라 나왔던 아내를 피고는 길모퉁이에서 만났다. 두 사람은 택시를 타고 맨해튼으로 이동했고, 친구의 집에서 하룻밤을 보냈다. 가는 도중 피고는 권총을 강에 버렸다. 그는 범행 두 달 후인 1930년 1월 7일에 체포되었다.[3]

왜 카르도조가 위대한 법률 문장가인지 알 만하다. 전개 속도가 빠르고 생생하며 심지어 재미도 있다. 이 브루클린의 난투극에서 저명한 법조인과 하층민 사이에는 엄청난 거리감이 존재한다(가령, "한 젊은이가 같이 자자고 했다"는 문장을 그 청년이 사용했을 법한 말로 다시 써 보라). 사실, 내러티브의 속도와 간결함은 카르도조의 핵심적 논점, 즉 조셉 재코위츠의 1급 살인 유죄판결이 성립될 수 없음을 강조한다. 사전 계획이나 고의적 악의는 없었고, 단지 대치 상황에 대한 폭력적인 반응이 있었을 뿐이다. 재판 과정에서 재코위츠를 "살인적 성향", 즉 범죄 성향이 있는 자로 포장하려는 검사의 주장은 성립될 수 없다.

카르도조의 서사에서 가장 놀라운 대사는 이것이다. "권총이 주머니에서 나왔고 한 발의 총성이 울렸고 치명적인 사태가 벌어졌다." 권총이 주머니에서 저절로 튀어나와 총알이 발사되는 만화 같은 장면이 떠오른다. 방아쇠를 당기는 손가락은 존재하지 않는다. 어떠한 행위 주체도 없다. 이것이 바로 카르도조가 강조하는 요점이다. 총격은 격앙된 싸움의 결과일 뿐이라는 말이다. 재코위츠가 집에 여러 개의 무기를 가지고 있었다는 검찰의 주장은 사건과 무관하며 편파적이다. 범죄를 저지르는 성격을 증명하는 "성향 증거"를 형사 피고인에게 덧씌워서는 안 된다. 필요한 것은 배심원이 판단할 행위와 구체적으로 연관된 증거다. 카르도조의 의견서에서 가장 중요한 구절은 다음과 같다. "피고인이 수감자로 배심원단 앞에 서는 순간 그의 인생은 말 그대로 새로 시작된다." 과거는 전혀 상관이 없다. 적절한 서사는 행위와 직접적으로 관련된 상황과 그 동기만을 다루어야 한다. 원심 법원은 재코위츠의 행위를 더 큰 삶의 틀에 연관 짓는 오류를 범했으며, 따라서 재코위츠는 새로운 재판을 받아야 한다.

카르도조는 재코위츠 사건을 바로잡았다. 그런데 불법행위 사건인 폴스그래프 대 롱아일랜드 철도회사 소송과 같은 다른 사건에서, 그의 간결하고 속도감 있는 서술은 중요한 사실을 명확하게 밝히기보다는 모호하게 만들었고 잘못된 결론에 도달한 것으로 보인다.[4] 내가 말하는 요점은, 브루클린 사건의 서술이 의견서의 나머지 부분을 사실상 불필요하게 만들었다는 것이다. 전달된 이야기 그 자체가 재코위츠가 계획적 살인 혐의에 대해 무죄라는 주장을 충분히 담고 있다. 카르도조가 전달하는 사실만 가지고도 판결은 충분하다. 그는 이 책 첫 장에서 언급한 변호사 앤서니 암스테르담과 심리학자 제롬 브루너의 급진적인 주장, 즉 "논리적 타당성을 근거로 선택된, 사실에 입각한 독립적 데이터를 검토"함으로써 법을 집행할 수 있다는 전통적인 가정은 타당하지 않다는 주장을 증명한다. 암스테르담과 브루너는 다음과 같이 말한다. "우리는 '사실'을 둘러싼 질문과 대답이 **어떤 일이 일어났는지, 세상이 어떻게 작동하는지**를 가장 잘 설명하는 전체 서사의 선택(고려되거나 고려되지 않은)에 대체로 의존한다는 사실을 점점 더 인식하게 되었다."[5]

나는 이러한 분석에 대체로 동의하는 편이다. 사실들은 서사를 통해 질서 있게 배열될 때에만 생명력과 중요성을 획득한다. 그리고 그 서사의 장르적 외형은 사실의 선택에 큰 영향을 미치거나, 적어도 사실과 서사가 함께 생산되는 경우가 많다. 그러나 많은 판사 또는 기타 법률행위자들은 그들이 선택한 서사가 사실관계의 선택과 배열에 영향을 미칠 수 있다는 사실을 인식하지 못하는 것 같다. "오직 사실만 전달한다"라는 문구는 법률 상식으로 받아들여지고 있으며, 전달 내용의 구성에 대한 분석적 관심은 거의 없다.

내러티브가 형사사건에 어떤 영향을 미칠 수 있는지를 다룬 미국 대법원 의견은 딱 하나뿐이다. 바로 올드 치프 대 미 합중국 사건(1997)에 대한 데이비드 수터의 의견이다. 수터 판사는 배심원이 사건의 모든 내용을 빠짐없이 다 들을 수 있는 "서사적 완전무결성"의 필요성을 강조한다. 설득력 있는 이야기는 배심원들이 사건의 내용과 의미를 이해했다는 확신을 가지고 판결할 수 있도록 돕는다. 수터는 이렇게 말한다.

삼단논법은 이야기가 아니다. 법정에서 날것 그대로의 진술은 그 진술을 증명하는 데에 쓰이는 강력한 증거와는 상대가 되지 않는다. 이야기를 듣다가 방심하여 흐름을 놓친 사람들은 무엇이 빠졌을까 당황한다. 설득력 있는 이야기는 간결하게 전달될 수 있다. 그러나 간결함이 서사적 증거의 자연스러운 흐름에 방해가 될 때, 잃어버린 고리가 실제로 존재한다는 확신은 차선책에 불과하다.[6]

서사야말로 다른 어떤 형태의 표현 방식보다 판결(옳다는 확신에 찬 판결)이라는 어려운 행위를 뒷받침한다는 수터의 주장은 고개를 끄덕이게 한다.

배심원의 의무가 어려워 보일 때, 피고가 생각하고 행동한 것에 대한 증거 설명은 사실을 증명하는 것뿐만 아니라 그 인간적 의미를 확립하여 법의 도덕적 토대와 배심원의 판단 의무를 암시하는 등 추상적인 진술로는 결코 할 수 없는 일을 해낼 수 있다.

수터가 현재 혐의와 매우 유사한 범죄로 유죄판결을 받은 조니 린 올드 치프의 이전 유죄판결 증거를 배제해야 한다는 결정을 내린 것은 내러티브의 힘을 잘 알고 있기 때문이다. 재판받는 피고인은 자신의 삶을 새로 시작한다는 카르도조의 주장과 똑같은 논리에 따라, 수터는 이전 범죄는 올드 치프의 삶에서 이미 지난 일이며, 전혀 다른 이야기라고 주장한다. 현재의 범죄 혐의를 피고의 과거 범죄행위와 연결하는 것은 배심원단을 "과도하게 설득"하여 올드 치프가 재코위츠처럼 살인 성향이 있는 사람이라고 확신을 갖게 하는 일이라고 말이다.

사람이 아닌 행위를 판단해야 한다고 주장함으로써 법률은 대개 이야기를 사건과 관련성이 없고 위험한 것으로 간주한다. 수터의 의견은 이야기가 법률에 미치는 힘을 깊이 반추하지만, 그 목적은 서사의 사용을 제한하는 것이다. 이야기는 매우 강력한 힘을 가지고 있으므로, 법은 이야기의 사용을 통제하고 제한해야 한다. 실제로 이는 법에서 서사의 중요성을 일부러 못 본 체한다는 것을 의미한다. 리처드 포스너 판사와 같은 법률 이론가들은 법률에서 이야기가 차지하는 역할을 인정하지만, 궁극적인 목적은 비판이다. 즉, 이야기는 법률가에게 일종의 통제 불가능한 담론이다. 내러티브에 대한 수터의 성찰은 이후 대법원 판결에서 대체로 인정받지 못했다.[7]

그렇더라도 법정에서 변호사가 배심원에게 사건에 대한 일관된 이야기를 제시해야 한다는 사실에는 변함이 없다. 변호사는 그러한 이야기가 일반적인 동기, 행위 및 결과를 포함하여 관습적인 형태를 취한다는 것을 알아야 한다. 어쩌면 당연한 일이다. 인간은 이야기의 세계에 살기 때문이

다. 우리는 이야기를 사용하여 일상생활, 특히 우리 자신의 삶을 설명한다.[8]

삶에 대한 일관된 서사가 없다는 것은 심리적 봉쇄, 심리적 혼란, 정체성 몰이해, 삶의 진척이 없는 불능 상태를 뜻한다. 이는 소설가들에게 잘 알려진 사실이며, 심리학자들도 최소한 프로이트 이후에는 이를 알게 되었다. 프로이트는 "도라"의 증상을 다룬 초기 저작에서 이 문제를 언급한다. "이 첫 번째 이야기는, 돌무더기에 물길이 막히거나 여울과 모래톱 사이로 갈라지고 사라져 버려 배가 다닐 수 없게 된 강줄기에 비유될 수 있다." 법정에서 서사를 금지한다면 평결은 불가능하다. 범죄와 처벌에는 이야기가 필요하다.

그렇다면 법조계가 서사에 대한 이해와 스토리텔링 규칙을 명확히 밝히고 공식화할 필요성을 느끼지 못했다는 것은 이상한 일이다. 특히 재판에서 다룬 이야기는 항소 의견서에서 다시 반복되는데, 이는 법 규칙을 제대로 준수했는지, 배심원에게 사실이 올바르게 전달되었는지 판단하기 위해서다. 재코위츠 재판에서, 항소법원에 다시 전달된 이야기(다시 이야기하기는 여러 단계를 거칠 수 있으며, 궁극적으로 대법원까지 이어질 수 있다)는 스토리텔링이 어떻게 이야기에 영향을 미치는지를 명료하게 보여 준다.

특히 수정헌법 제4조 "수색 및 압수"에 관련된 사건에서 알 수 있듯이, 수색은 본질적으로 서사의 형태를 띤다. 가령, 플로리다 대 자딘스 사건(2013)에서는 대마초 냄새를 구분하도록 훈련된 개를 집 현관으로 데려온 것이 "부당한" 수색을 금지하는 조항에 위배되는지의 여부가 쟁점이었다.[9] 안토닌 스칼리아 대법관은 수색이 위법하다고 판단한 다수의견을 다음과 같이 작성한다.

2006년 마이애미-데이드 경찰서의 윌리엄 페드라하 형사는 피고인 조엘리스 자딘스의 집에서 대마초가 재배되고 있다는 확인되지 않은 제보를 받았다. 한 달 후, 경찰과 마약단속국은 자딘스의 집으로 합동조사단을 보냈다. 페드라하 형사는 그 팀의 일원이었다. 그는 15분 동안 집을 감시했지만, 차고 진입로에 자동차가 없었고 집 주변에도 수상한 낌새는 없었다. 집 내부는 블라인드가 내려져 있어 볼 수 없었다. 그 후 페드라하 형사는 마약탐지견을 데리고 현장에 도착한 훈련 전문가 더글러스 바텔트 형사와 함께 자딘스의 집에 접근했다. 이 개는 마리화나, 코카인, 헤로인 및 기타 약물의 냄새를 맡도록 훈련받았으며, 훈련 전문가는 개의 특정한 행동 변화를 보고 마약 물질이 있음을 파악한다.

이와는 사뭇 대조적인 새뮤얼 알리토 판사의 반대의견을

살펴보자.

법원에 따르면, 이 사건의 경찰관 바텔트 형사는 피신청인을 방문할 때 탐지견 프랭키를 동반했으므로 무단침입을 저질렀다고 볼 수 있다. 그러한 규칙을 증명하는 기관은 어디인가? 개는 약 1만 2천 년 동안 인간에게 길들여져 왔다. 수정헌법 제4조가 채택될 당시 미국과 영국에서 흔하게 볼 수 있었고, 개의 예민한 후각은 수백 년간 법 집행에 이용되어 왔다.

바텔트와 그의 충실한 반려견 프랭키는 자딘스의 현관문 앞에 찾아갈 권리가 있다. 스칼리아 대법관은 왜 그 점을 못 마땅하게 여기는가? 알리토 판사는 "택지curtilage"(온당한 기대 수준의 사생활 보호가 적용되는 영역) 침해와 대비되는 집배원, 쿠키를 팔러 온 걸스카우트 등 통상적인 방문 행위를 거론한다. 사전에 따르면, 앵글로프랑스어 curtillage에서 유래한 "택지"는 집에 속하는 울타리로 둘러싸인 땅 또는 부엌 정원을 뜻한다. 부엌 정원은 고대 프랑스어 cortillage(부엌 정원)와 cortil(정원), 궁극적으로 라틴어의 cohort-, cohors(농원)에서 유래한다. 스칼리아 대법관은 마약탐지견 프랭키가 이러한 기원을 가진 사적 공간을 침범했다고 생각한다. 그리고 엘레나 케이건 판사는 침입을 강조하는 스칼리아의 의견에 동의하면서 다른 이야기를 부각한다. 이는 사생활 침해에 대한 더 일반적인 이야기에 해당한다. 스칼리아 대법관은 다른 문제(가령 낙태권)에 광범위한 영향을 미칠 수 있으므로 이 이야기를 피하고 싶어 하지만, 케이건 판사는 이 이야기가 스칼리아가 말하는 이야기의 핵심에 해당하는 무단침입보다 훨씬 더 중요하다고 본다.

물론, 스칼리아 · 케이건 · 알리토의 상반된 의견은 대법원 의견이 항상 그렇듯이 판례, 즉 판례의 활용 및 설정과 관련이 있다. 특히 수정헌법 제4조에 따라 압수수색이 "부당"한지에 대해 이야기할 때 판례는 거의 항상 이야기의 형태를 취한다. 판례는 무엇을 허용할 수 있는지를 판단하기 위한 서사적 원형이다. 수색에는 이야기가 필요하다. 경찰이 수색영장을 신청할 때에도 수색 방법과 장소, 그리고 무엇을 찾을 것인지 이야기한다. 따라서 법원은 수색의 적법성을 분석할 때 불가피하게 일종의 서사적 분석에 착수한다. 수색의 "타당성"은 그 서사적 개연성에 달려 있다.

또 다른 예로 유타주 대 스트리프 사건(2016)을 살펴보자. 패크렐 형사는 사우스 솔트레이크 시티의 한 주택에서 마약이 거래되고 있다는 익명의 제보를 받고 잠복근무했다. 피고인 스트리프가 그 집에 잠시 들렀다가 나갈 때 패크렐이 막아서서 신분증을 요구했다. 스트리프는 유타주 신분증을 제시했다. 패크렐 형사는 경찰관에게 스트리프의 신원을 전달했고, 경찰관은 스트리프가 교통법규 위반으로 체포영장이 발부된 상태라고 보고했다. 패크렐 형사는 그 체포영장에 의거하여 스트리프를 체포했다. 그리고 스트리프를 수색하던 중 메스암페타민과 마약 도구가 담긴 가방을 발견했다.[10] 재판에서 검찰은 스트리프를 "멈춰 세운 것"이 불법인 점을 인정했다. 체포영장도 없었고 합당한 이유도 없었으며, 수색에 대한 동의도 없었기 때문이다. 그러나 (전혀 다른 사건에 관련된) 유효한 체포영장 덕에 수색의 위법성이 "완화"된 점을 근거로 마약 증거는 인정되었다.

유타주 대법원이 스트리프의 유죄판결을 뒤집었으나, 미국 대법원은 클라렌스 토머스 대법관이 작성한 의견서를 통해 영장의 위법성 완화를 근거로 유죄판결을 인정했다. 그러자 분노한 소니아 소토마이어 대법관이 반대의견을 통해 이야기를 전혀 다른 방법으로 전달했다.

오늘 대법원이 미납 주차위반 딱지에 대한 영장을 발견하는 경우, 경찰관의 수정헌법 제4조 권리침해가 허용된다고 판시했다. 대법원 의견의 전문용어에 안심하지 마라. 이 판결로 이제 경찰은 귀하가 아무런 잘못이 없어도 길을 가다 멈춰 세우고 신분증을 요구하고 교통 관련 영장이 있는지 확인할 수 있다. 경찰이 미납된 벌금에 대한 영장을 발견하면, 법원은 이제 경찰의 불법 검문을 허용하고, 영장에 따라 체포한 후 수색을 벌여 우연히 발견한 모든 것을 증거로 인정할 것이다. 수정헌법 제4조는 이러한 위법행위를 허용하지 않고 금지하므로 나는 반대의견을 제출한다.

소토마이어는, 패크렐 경관이 의도하지 않은 실수를 저질렀다가 미집행 체포영장을 발견한 덕분에 유죄를 면했다는 토머스 대법관의 이야기를 종말론적인 미래 이야기(법조계에서 하나의 장르인)로 재구성한다. 토머스의 이야기를 제대로 이해했다면, 우리는 소토마이어의 이야기가 미래의 경찰이 불법적인 검문으로 미래의 시민들을 일상적으로 괴롭혀도 나중에 확인된 영장으로 괴롭힘을 버젓이 정당화하는 디스토피아를 연출하고 있음을 알 수 있다(소토마이어는 이런 일들이 미국에서 너무 자주 일어난다고 덧붙인다). "법무부는 최근 인구 2만 1천 명의 미주리주 퍼거슨시에서 1만 6천 명의 주민이 미집행 영장을 발부받은 상태라고 발표했다. 뉴저지주 뉴어크에서는 경찰이 4년 동안 5만 2,235명의 보행자를 정지시키고, 그중 3만 9,308명에 대해 영장 검사를 실시했다(법무부, 민권국, 뉴어크 경찰서 조사서 8, 19, 15번 [2014])."

마지막 단락에서 소토마이어는 수정헌법 제4조의 이야기를 실제 미국 사회, 특히 소수자 집단에 적용하면서 인종과 계급에 관한 가장 강력한 내러티브를 소환한다.

이 소송은 **불심**검문에 관련된 소송이다. 경찰관은 상기한 일련의 사건들을 연쇄적으로 촉발했다. 법무부 보고서에 따르면, 수많은 무고한 사람들이 이처럼 위헌적 수색으로 치욕을 당하고 있다. 이 사건의 피고는 백인으로서 모든 사람의 존엄성이 이런 방식으로 침해될 수 있음을 보여 준다. M. 고츠초크, 《붙잡힌》, 119-138 (2015) 참조. 그러나 유색인종이 이러한 유형의 검문을 압도적으로 많이 당한다는 것은 비밀이 아니다. M. 알렉산더, 《새로운 짐 크로우》, 95-136 (2010) 참조. 수십 년에 걸쳐, 유색인종 부모들은 아이들에게 "잔소리"를 해 왔다. 길거리에서 뛰어다니지 마라, 손을 숨기지 마라, 모르는 사람에게 말대꾸하지 마라. 이 모든 잔소리는 총을 가진 경찰이 무슨 대응을 할지 몰라 두렵기 때문이다. 예를 들어 W. E. B. 듀보이스, 《흑인의 영혼》 (1903); J. 볼드윈, 《다음에 일어날 화재》(1963); T. 코우츠, 《세계와 나 사이에》(2015) 참조. 이 사건은 이와 같은 이중의식을 일으키는 행위를 합법화함으로써 백인이든 흑인이든, 유죄든 무죄든 모든 사람에게 경찰관이 언제든지 여러분의 법적 지위를 확인할 수 있다고 말한다. 이는 법원이 권리침해를 면책하는 한, 여러분의 신체가 침해당할 수 있다는 말이다. 여러분이 민주주의의 시민이 아니라, 분류표의 숫자에 불과한 교도소 국가carceral state의 신민臣民임을 의미한다.

소토마이어는 스트리프 체포 이야기의 쟁점을 증폭시켰고, 그럼으로써 이야기의 범위를 크게 넓혔다. 소니아 소토마이어 대법관은 이 사건을 인종 불평등, 억압적 치안 행위, 소수인종 대거 투옥이라는 미국의 비극을 웅변적으로 보여준 사건으로 만들었다. 비록 유타주 대 스트리프 소송에서 소토마이어의 주장이 관철되지는 못했지만, 그녀가 전한 이야기는 사건의 범위를 뛰어넘어 큰 반향을 일으켰다. 그리고 언젠가 이 이야기는 다른 사건에 인용되어 더 크고 진일보한 결과를 가져올지도 모른다.

대법원의 서사들은 판례를 확립하고 국가의 공권력으로 현실을 바꾸기 때문에 특히 중요하다. 대법원의 판결은 보통 "그렇게 명령한다"는 문구로 결론을 내린다. 이 최종 명령은 모든 법적 발언의 수행적 성격을 적나라하게 드러낸다. 법원의 결정은 단순히 술정적constative인 것이 아니며 현실에 강제성을 부과한다. 법원은 사람을 감옥에 보내거나 사형에 처하기도 하고, 법적 절차의 제약에서 벗어나게 하기도 한다. 최고 항소심 등급에서 전달되는 내러티브 또한 그 자체로 수행력을 갖는다. "그렇게 명령한다."

우리가 말하는 이야기는 현실에 결정적으로 중요한 질서를 부과한다. 일이 이렇게 되었고, 그에 따라 결과가 발생한다. 물론 반대자들은 다수의 이야기가 거짓이라고 항의하거나, 더 흔하게는 스트리프에 대한 소토마이어의 반대의견서가 말하듯이 더 진실한 이야기를 은폐하는 이야기이며 암울한 미래를 초래할 수 있다고 주장할 자유가 있다. 물론 사실은 가변적이지 않을 수 있다. 그러나 그렇다고 해서 사실을 설명하기 위해 말하는 이야기가 가변적이지 않은 것은 아니다.

이야기는 우리가 세상을 상상하고 이해하는 다양한 방식만큼이나 가변적이다. 세상을 상상하고 이해하는 일은 잘 짜인 서사에 달려 있다. 그러한 서사가 확신conviction을 낳고 유죄판결conviction을 이끌어 낸다.

헌법 서사와 미국의 계약

어떤 사회든 스스로에게 의미를 부여하기 위해 기원의 신화가 필요하다. 여기서 의미란 신성해 보이는 의미를 말한다. 1장에서 암시했듯이 그러한 신화는 위험할 수 있다. 역사적으로도 이로운 점보다는 해로운 측면이 더 많을 것이다. 그래서 신화를 그 자체로 직시해야 한다. 신화는 드러난 사실이 아니라 만들어진 허구다.

신화는 우리가 어떻게 지금의 우리가 되었는지 "설명"하는 기원의 내러티브다. 미국인들은 규칙적으로 이러한 서사에 의존한다. 그중 가장 기묘한 것이 미국 헌법 이야기다. 여기서 기묘하다고 한 것은, 어떤 사회가 의미를 찾는 데에 헌법과 같은 매우 기술적이고 복잡한 서사가 왜 필요한지 분명하지 않기 때문이다. 그런데 여러 가지 측면에서 미국 헌법은 다른 나라에서 신성시하는 기원적 사건, 신화, 통치자를 대신한다. 따라서 미국 헌법에서 파생된 서사에서 의미를 찾으려는 지속적인 요구는 그리 놀랍지 않다. 그러한 서사는 직관을 거스르고 사회적으로도 비생산적일지 모른다. 그렇지만 우리가 그 서사에 여전히 경외감을 품고 순종하는 마음을 가지고 있다는 점에 대해서는 깊이 생각해 볼 만하다.

수십 년 전, 윌리엄 브레넌 대법관은 마이클 H. 대 제럴드 D. 사건에서 안토닌 스칼리아 대법관의 다수의견에 반대하며 다음과 같이 선언했다. "오늘 다수의견의 문서 해석은 매우 낯설다. 내가 생각하는 헌법은 살아 숨 쉬는 문서이지, 과거의 편견과 미신에 찌든 정체되고 고루하며 편협한 문서가 아니다."[11] 브레넌이 이렇게 일갈한 이후에도, 헌법 판결에서 "원문주의"는 여전히 승리하는 듯 보인다. 이를 반대하는 사람들에게도 마찬가지다. "살아 숨 쉬는 문서"는 오히려 전보다 덜 언급되는 것 같고, 대법원은 "과거의 편견과 미신"에 더욱 충성하는 것 같다.

예를 들어, 수정헌법 제2조가 개인의 총기 소지 권리를 보장한다고 판시한 2008년 컬럼비아 특별구 대 헬러 사건에서 스칼리아 대법관의 다수의견과 존 폴 스티븐스 대법관의 주요 반대의견 모두 수정헌법이 만들어진 역사적 맥락에서 그 근거를 찾았다.[12] 인준 논쟁ㅣ18세기 말 미국의 건국 초기, 헌법 인준 문제를 둘러싼 연방주의자와 반연방주의자의 대립과 논쟁ㅣ,《연방주의자》의 토론 및 이와 유사한 여러 저술에서 주장하듯이, 스티븐스와 스칼리아는 문서의 "기원적 이해"에 충실해야 한다는 헌법 해석의 근본 원칙(이는 스칼리아의 오랜 주장이다)에 동의한다. 많은 논평가들을 대표하여 헬러는 우리 모두가 원문주의자가 되었다고 선언했다.[13]

완전히 맞는 말은 아니다. 원문주의는 여전히 많은 비판을 받고 있다. 그러나 법의 기원, 이데올로기, 사회적 신념에 대한 논쟁이 현대 미국 사회에 매우 중요하다는 것은 부인할 수 없는 사실이다. 항상 미래를 향해 굳건히 나아간다고 믿는 나라에서 이런 일이 벌어진다는 것은 매우 기묘하다. 아마도 계속 미래를 지향하다 보면 어쩔 수 없이 과거 그리고 과거에서 현재에 이르는 과정을 이야기하는 서사에 관심을 두게 되는지도 모른다.

원칙적으로 "원문주의자originalist"는 헌법의 문구를 준수하기 위해 판례를 무시한다. 그러나 미국이 영국과 공유하는 관습법 전통은 일반적으로 현재의 사건을 이전에 나온 유사한 사건에 맞춤으로써 과거의 판례를 기초로 법률적 결정을 도출한다. 헌법재판의 판례는 미국의 최상위법으로 여겨지는 헌법에서 파생되고 그 문서로 거슬러 올라가는 동시에 그 문서에 기초한 해석의 역사를 가장 많이 고려한다. 판례에 대한 존중은 "선례구속stare decisis"의 원칙, 즉 과거에 내려진 판결에 변경을 가하지 않고 그 판결을 바탕으로 한다는 규칙에 담겨 있다.

이것이 무엇을 의미하고 어떻게 작동하는지에 대한 가장 탁월한 설명은, 1992년 남동 펜실베이니아 계획부모연합 대 케이시 사건의 "공동 의견"이다.[14] 이 의견서는 샌드라 데이 오코너·데이비드 수터·앤서니 케네디 대법관이 공동 작성한 것으로, 1973년 로 대 웨이드 판결에서 처음 보장된 낙태 권리를 (약간의 수정을 더하여) 재확인한다. 이는 법원이 로 판결과 똑같이 판결하지 않더라도, 한 세대 가까이 지난 시점에서 로 판결을 재확인하는 것이 왜 중요한지를 설명한다. 그 외에도 헌법 서사를 쓸 수 있는 법원의 권한이 어디에서 비롯되었는지도 설명한다.

오코너·수터·케네디에 따르면, 법치주의의 개념 자체가 시민들이 법을 신뢰할 수 있도록 시간이 지나도 변치 않는 지속성을 요구한다. 따라서 해당 사안이 처음 재판에 회부되는 경우라면 다른 판결을 내릴 수도 있지만, 일단 판결이 내려졌고 사람들이 그 판결에 의존하게 되었다는 사실은 두 번째 판결을 변경하며, 이를 뒤집으려는 판사들에게 무거운 입증 책임을 부과한다. 공동 의견에 따르면, 헌법 판결에 찬성하는 사람들과 반대하지만 헌법 판결을 존중하려는 사람들 모두에게 "법원은 확고한 입장을 견지할 것을 암묵적으로 확인한다." "확고함"은 실용적일 뿐만 아니라 도덕적이다. 여기서 실용적이라 함은 신뢰할 수 있는 일관된 법을 보장한다는 뜻이며, 도덕적이라 함은 "개인의 인격과 마찬가지로 법원의 정당성도 시간이 지남에 따라 획득되어야 한다"는 뜻이다. 여기서 "시간이 지남에 따라"라는 표현에 주목해 보자. 즉, 획득한 정당성은 역사, 일관된 서사에 따라 달라진다.[15] 도덕적 개인과 마찬가지로 도덕적 법원은 스스로에게 진실해야 한다.

법원이 판결을 뒤집는 경우가 간혹 생긴다. 공동 의견은 로크너 대 뉴욕 사건(1905)의 자유방임주의 경제학이 웨스트 코스트 호텔 컴퍼니 대 패리쉬 사건(1937)으로 뒤집힌 사실, 더 유명하기로는 플레시 대 퍼거슨 사건(1896) | 인종분리정책을 법적

으로 승인한 유명한 대법원 판결. 이 판결로 미국 남부의 인종차별이 법적으로 정당화되었다. | 이
브라운 대 토피카 교육위원회 사건(1954)으로 뒤집힌 사실을
지적한다. 이 두 사건은 선례구속의 원칙을 거부한 특별한
사례였다. 이에 대해 법원은 "헌법적 원리를 법원이 경험하
지 못했던 사실에 적용한 경우"라고 설명한다. 법원이 도덕
적 권위를 유지하여 일반 국민이 수용하고 동의하는 방식으
로 발언하고자 한다면, 이러한 번복은 되도록 일어나지 말
아야 한다. 공동 의견은 다음과 같이 설명한다.

> 법원은 국민들이 원칙에 입각한 법원의 판결을 받아들일 수
> 있도록 주의를 기울여 발언하고 행동하여야 한다. 법원의 판결
> 은 오로지 원칙에 의거하며, 법원이 의무적으로 행하여야 하는
> 원칙에 기초한 선택과 아무런 관련이 없는 사회적·정치적 압력
> 과 타협하지 아니한다. 이처럼 법원의 정당성은, 법원의 원칙적
> 특성이 국민이 받아들일 수 있을 만큼 충분히 납득할 만한 상황
> 에서 법적 원칙에 입각한 결정을 내리는 데에 있다.

헌법 서사의 순서와 결과는 무작위적이어서는 안 된다.
논리적으로 새로운 것에는 선례가 수반되어야 한다. 인용된
문구 중 가장 적절한 단어는 "충분히 납득할 만한"이다. 이는
법원이 구사하는 수사적 표현을 명료하게 보여 준다. "충분

히 납득할 만한" 것은 독자·청자를 설득하는 어떤 것, 즉 설득력 있는 내러티브를 말한다. "충분히 납득할 만한"이라는 단어는 동어반복이다. 그러나 공적 주장은 모두 동어반복이어야 한다. 즉, 사실에 기초한 설득 능력으로 설득 효과를 판단한다. 공동 의견의 논리는 필연적으로 순환적일 수밖에 없다. 법원의 판결이 거대서사에 완벽하게 부합하는 것처럼 보일 때에만 수용될 것이며, 이는 다시 판결의 수용을 통해 완벽한 서사, 즉 법이 "확고부동하다"는 인식이 형성된다는 의미다. "충분히 납득할 만한"에서 "충분한"은 충분한 것이다. 선례구속 원칙에 대한 논의를 마무리하면서, 공동 의견은 도덕적 의미를 부각한다.

우리 헌법은 1세대 미국인으로부터 지금 우리 그리고 미래 세대로 이어지는 계약이다. 그것은 일관된 계승이다. 헌법에 명시된 사항들이 여러 세대에 걸쳐 지속될 사상과 열망을 구현한다는 사실을 각 세대는 새롭게 배워야 한다. 우리는 뒤로 물러서지 않고 모든 선례에 비추어 헌법의 완전한 의미를 해석하겠다는 책임을 진다. 우리는 헌법의 약속, 즉 자유의 약속이 보장하는 자유의 개념을 규정하기 위해 한 번 더 이를 인용한다.

여기서 법원은 자신을 계약적 서사의 저자로 제시한다.

계약적 서사란, 과거 속에 잠재된 것을 실현하는 과정으로서 현재와 미래가 존재할 수 있도록 여러 세대 미국인 사이에 신성한 유대 관계를 확립하고 유지하는 이야기를 말한다. 법은 예언의 실현으로서, 그리고 계약의 실현으로서 "자유의 약속"을 유지해야 한다.

여기서 법원의 논리는 상당 부분 내러티브의 논리다. 법원은 서사 이론가 제라르 주네트가 말한 "목적에 의한 수단의 결정, 결과에 의한 원인의 결정"을 예시한다. 주네트는 다음과 같이 말한다.

이것은 허구의 역설적 논리다. 그에 따르면, 서사의 모든 요소, 모든 단위는 그 기능적 성격, 즉 다른 단위와의 상관관계에 근거하여 규정하여야 한다. 그리고 서사적 시간성의 순서에서 첫 번째 요소는 두 번째 요소에 의해 설명되어야 한다. 결과적으로 마지막 단위는 다른 모든 단위들을 지배하는 단 하나의 단위로서 다른 어떤 단위에 의해 지배되지 않는다.[16]

주네트의 "역설적 논리"에 따르면, 이전의 사건이나 행동은 이후 전개되는 사건을 통해 그 의미가 명확해질 때 비로소 이해된다. 또는 롤랑 바르트가 주장하듯이, 서사는 시간적 순서를 인과관계로 오인하는post hoc, ergo propter hoc 철학적 오류의 일반화에 기초한다. 즉, 서사적 플롯에 따르면, B가 A 다음에 나왔다면 그것은 B가 A에 논리적으로 수반되기 때문인 것처럼 보이지만, 사실 A는 B의 관점에서만 원인적 성격을 띤다.[17] 법률적으로 이러한 서사적 논리는 완벽한 플롯을 만들기 위해 요구되는 요소와 선택되지 않은 다른 경로(정의를 주장하는 다른 경로) 사이의 갈등을 어느 정도 덮을 수 있다.

계획부모연합 대 케이시 사건에서 선례구속의 원칙에 대한 설득력 있는 변호는, 헌법 해석의 서사가 법원이 추가하는 새로운 에피소드에 비추어 이전 서사의 소급 해석에 의존한다는 사실을 시사한다. 반대자들은 새로운 결정이 이전 역사를 잘못 해석하고 있으며, 더 설득력 있는 플롯을 고려할 때 다르게 판결하는 편이 더 낫다고 주장할 수 있고 실제로 그렇게 주장한다(예를 들어, 알리토와 케이건의 의견 참조). 모든 헌법 해석이 취하는 형태는 제안된 해석이 다른 대안보다 헌법적 서사의 진정한 의미를 더 잘 실현한다는 모델을 따른다. 그렇게 함으로써 더 나은 결말이 만들어질 수 있으며, 이 결말에 의거하여 플롯을 더 잘 이해할 수 있다.

원문주의자가 쓴 것이든 아니든, 헌법 서사가 텍스트와 해석의 발전을 추적하기 위해 기원으로 거슬러 올라가겠다, 즉 헌법 본래의 텍스트와 맥락으로 돌아가겠다고 주장하는 것도 같은 논리다. 이는 법원이 근본적으로 새로운 해석으로 보일 수 있는, 저항 없이 받아들여지지 않을 해석을 제시하고 있다는 것을 알고 있을 때 특히 그렇다. 따라서 미란다 대 애리조나 사건(1966)에서 수정헌법 제5조의 자기 유죄 진술 거부권을 보호하는 조항을 범죄 용의자에 대한 경찰 심문으로 확장한 얼 워렌 대법관은 다음과 같이 주장한다. "우리 앞에 놓인 사건들은 미국 형사법 개념의 근원으로 거슬러 올라가는 질문을 제기한다."[18] 그리고 또한, "우리는 여기서 판결이 사법제도의 혁신이 아니며 오래전부터 인정된 원칙을 적용한 것"이며, "우리 헌법에 적시된 기본권을 설명한 것"이라는 전제로부터 출발한다. "이 소중한 권리는 수백 년에 걸친 박해와 투쟁 끝에 우리 헌법에 명시적으로 기록되어 있다." 워런은 미란다 판결이 그동안 주목받지 못한 수정헌법 제5조의 자기 유죄 진술 거부권이 세상에 드러낸 것이라고 주장한다. 헌법의 역사 속에 항상 씨앗처럼 숨겨져 있던 요소가 미란다 원칙으로 만개한 셈이다.

미란다 원칙에 반대하는 사람들은 워렌의 주장이 틀렸다고 주장한다. 다수의견이 "새로운 것이 아니다"라는 워렌의 주장에 대해, 바이런 화이트 판사는 "대법원은 법을 발견하거나 찾은 것이 아니다. 법원은 새로운 법을 만들었다"라며 반박한다. 존 마샬 할란 대법관의 또 다른 반대의견은 법원의 "자백에 대한 새로운 헌법 규정"을 지적한다. 할란은 법원이 "궤도를 벗어난" 지점, 즉 올바른 서사에서 이탈함으로써 끔찍한 결과를 초래한 지점을 표시한다. 그 역시 기원으로 거슬러 올라가 다수의견이 수정헌법 제5조에 의거했다는 주장은 일종의 현실 기만trompe l'oeil, 즉 가짜를 현실로 착각한 기만적 술수에 불과하다고 주장한다.

할란은 다수의견의 판결을 전적으로 믿을 수 없는 이야기로 낙인찍는다. "헌법을 이런 방식으로 읽어 이런 결과가 나올 수 있다는 사실에 놀라움을 느끼지 않을 수 없다." 그리고 결론 부분에서 할란은 과거 대법관을 역임한 로버트 잭슨의 말을 인용하며 다음과 같이 선언한다. "대법원은 헌법의 사원에 끊임없이 새로운 이야기를 추가하고 있으며, 이야기가 너무 많이 추가되면 사원이 무너질 수 있다." 여기에는 집의 특징을 지닌 이야기와 서사로서의 이야기에 대한 흥미로운 말장난이 있는 것 같다. "이야기"라는 단어의 두 가지 의미에서 할란은 미란다에 쓰여진 새로운 서사적 에피소드가 전체 서사의 붕괴를 가져온다고 암시한다. 그것은 잘못된 이야기를 만든다.

따라서 기원을 둘러싸고 논쟁을 벌이지만, 결국 미란다의 다수의견과 반대의견 모두 해당 판결에 의해 (잠정적으로) 그 결말이 쓰여진 이야기가 과거에 있었던 에피소드의 의미를 결정짓는다는 생각, 즉 현재가 과거를 다시 쓴다는 생각을 받아들인다.[19] 전혀 알아차리지 못하지만, 그들은 여기서 서사의 회고적 논리를 발견하고 있는 셈이다. 서사는 결말에서 시작한다. 결말은 시작과 중간에 의미를 부여하며, 독자는 결말을 통해 시작과 중간을 이해한다. 서사를 읽을 때, 우리는 결말을 지향하며 읽는다. 결말에 무슨 일이 일어날지 알기 때문이 아니라 결말로 이어지는 플롯을 회고적으로 밝혀 주리라는 기대가 있기 때문이다.

마찬가지로 사르트르의 《구토》에서 가상의 대변인 로캉탱은, 삶을 살 때와는 반대로 이야기할 때 처음부터 시작하는 것처럼 보일 뿐 실제로는 그렇지 않다고 주장한다. 그 이유는 결말이 있음을 안다는 사실 자체가 이야기되는 행동에 의도와 의미를 부여하기 때문이다. 소설의 주인공은 결말로부터 시작해 삶을 거꾸로 산다. 그의 모든 행동은 미래에 발생할 결과에 대한 "예고"로 간주된다. 의미 형성 체계로서 서사가 가진 고유한 특성으로 인해 단서의 의미가 밝혀지고 이전에 발생한 사건은 선행성을 획득한다. 원인은 소급 행위를 통해, 즉 결말로부터 거꾸로 이야기를 읽음으로써 원인임이 밝혀진다.

사냥감이 지나갔음을 나타내는 표시를 추적하는 사냥꾼 사회에서 이야기가 시작되었다는 카를로 긴즈부르그의 추측으로 돌아가 보자. 이처럼 단서들을 서사적 연쇄로 조합하여 사냥감을 찾는 방법은 적절하게 표현하자면 서사적인 (연역적이지도 귀납적이지도 않은) 추론 형식, 즉 의미 있는 배열을 만드는 추론 형식이다. 긴즈부르그는 이 사냥꾼 패러다임을 영미식 "판례법"처럼 법령집보다는 구체적인 사례를 토의했던 고대 메소포타미아 법, "동물의 내장, 물 위의 기름방울, 하늘의 별, 신체의 무의식적인 움직임"[20] 등 사소한 것들을 상세하게 조사한 메소포타미아 점술과 비교한다. 법학 텍스트도 점성술과 같은 패러다임에 기반한다. 물론 차이는 있다. 점성술은 미래를 다루고, 법학은 과거를 다룬다. 긴즈부르그는 더 일반화하여 고고학, 고생물학, 지질학과 같은 모든 서사적인 지식 습득 방법은 이른바 "회고적 예언," 즉 결과로부터 거꾸로 작업을 시작해서 그 결과를 예견하는 것, 그 결과를 꼭 필요로 하는 것에 도달하는 예언을 수행한다.

회고적 예언의 개념은 대법원의 헌법적 서사, 그리고 어쩌면 대부분의 법률적 서사의 특징을 정확하게 포착한다. 사건의 판결은 애초부터 꼭 필요했던 것의 성취로 존재한다. 이는 초기 기독교 신학자들이 복음서가 히브리 성경의 예언적 서사를 실현했다고(구약은 상징이고, 신약은 실현이다) 주장한 것과 비슷하다. 예를 들어, 아우구스티누스의 관점에서 모세는 그리스도를 예표하는 그리스도의 형상figura

Christi이며, 노아의 방주는 미래 교회의 형상praefiguratio ecclesiae
이다.[21] 과거는 마치 현재를 잉태하고 있는 것과 같다. 법원
이 판결을 통해 지혜를 드러낸 후 현재는 마침내 지혜를 출
산하게 된다. 케이시가 "계약"이라는 단어를 사용하여 헌법
을 설명한 사실을 생각해 보자. 그는 특히 헌법과 시민의 역
사적 관계와 관련하여 "계약"을 거론한다. 대법원이 새로운
판결을 할 때마다, 계약이라는 거대한 서사에 하나의 에피
소드가 추가되는 모양새다.

미란다 같은 사건에서 보았듯이, 원문에 근거한 주장은
전략적이고 진지하다. 원문이 특정한 결과를 수반하도록 만
들고자 한다. 이는 미국의 사법제도에서 혁신적이라고 할
수 없다. 오랜 원칙과 선례를 적용한 것이며 "일관된 계승"
의 일부다. 그럼에도 불구하고, 우리는 약정된 결과가 헌법
해석의 역사를 실현하고 그 내재적 의미를 전달하는 유일한
방법이라는 주장에서 회고적 예언의 구조를 확인할 수 있
다. 서사에는 주네트의 "이중적 논리," 즉 이야기의 시작은
처음 부분이지만 결말의 관점에서 이야기를 구조화함으로
써 시작의 의미를 파악하는 논리가 존재한다. 이는 프로이
트의 많은 사례 연구에 나타나는 트라우마의 구조와 비슷한
데, 이 경우 나중에 발현한 사건은 이전 사건에 회고적으로
성적 의미와 외상적 힘을 부여한다.

사법적 의견은 제약의 수사학, 즉 판사는 판례의 제약을 받기 때문에 판례와 다른 판결을 내릴 수 없다는 수사적 표현을 자주 사용한다. 판사는 자신의 개인적 선호가 무엇이든 이를 무시하고 사건의 전례에 따라 판결을 내린다. 더욱이, 법원의 판결이 완전히 새로운 판결, 즉 과거와의 단절로 해석될수록 판결의 수사적 표현은 과거의 판결을 계승할 뿐만 아니라 단순하고 필연적으로 과거의 판결을 따른다고 더욱 강력하게 주장하는 듯하다.[22]

이처럼 선례구속의 수사학은 일종의 은폐로, 과거 서사가 매우 중요하며 이 판결 결과에 결정적으로 이바지한다는 주장을 내포한다. 반면, 미란다 판결처럼 반대의견은 법원이 "난간을 뛰어넘어" 서사의 적합한 설계와 의도를 망각했고, 잘못된 이야기를 전달함으로써 "계약"을 배반했다고 주장할 것이다. 이 말은 출발점부터 종착점까지 이어진 서사가 쓸모없거나 거짓이라는 주장은 아니다. 케이시의 표현을 다시 한 번 빌리자면, 서사의 결론은 서사적 구성이 "충분히 납득할 만한" 경우에만 청중이 받아들일 수 있을 것이다. 사건의 마지막에 왓슨 박사는 셜록 홈스에게 다음과 같이 말한다. "'정말 아름다운 추론이야 정말'이라고 나는 감탄했다. '정말 긴 사슬인데도 모든 고리가 다 맞아들어가네.'"[23] 딱 맞는 고리들로 이루어진 사슬은 끝에 가서야 비로소 하나의 사슬로서 뚜렷해진다. 탐정 이야기는 모범적인 형태의 서사다. 이 사슬이 어떻게 구성되는지 잘 보여 주기 때문이다.

"그렇게 명령한다." 법원이 내린 명령과 결과는 놀라울 정도로 일관성 있게 유지되어 왔다. 대통령, 국회의원, 경찰, 시민들은 찬성하지 않아도, 그리고 격렬하게 항의하기는 해도 명령을 수용한다. 2000년 부시 대 고어 사건처럼 법적 근거도 없고 배심원단도 허술하게 구성된, 당황스럽고 수준 낮은 판결도 결국 수용되었다. 일부 미국민이 보기에, 미국 역사에 이처럼 사회적 불안을 초래할 만큼 도저히 납득할 수 없고 용납할 수 없는 법원 판결은 없었다.

이 같은 판결 중 역사상 가장 주목할 만한 것은 드레드 스콧 대 샌포드 사건(1857)이었다. | 흑인 노예 드레드 스콧의 시민권을 인정하지 않는 판결이 연이어 내려져 사회적 비판이 이는 와중에 링컨이 대통령에 당선되었다. | 이 사건의 판결은 여러모로 이론의 여지가 크고 부족한 점도 많았다. 게다가 이 판결이 보여 준 미국 시민권의 서사는 너무 심할 정도로 배타적이었다. 결국 이 문제는 남북전쟁을 통해서만 해결될 수 있었다. 더 나중에는, 브라운 대 교육위원회 1차, 2차 판결(1954, 1955) | 인종 분리를 위헌으로 확정한 연방 대법원 판결 | 이 여러 저항을 불러일으켰다. 특히 아칸소 주지사 오벌 포버스가 법원의 집행명령을 거부하면서 사태는 격렬해졌다. 포버스는 법 위반을 이유로 행정 권력을 동원하여 센트럴 고등

학교에 들어가려는 흑인 학생들을 막고 아칸소 주방위군을 동원하여 교문을 봉쇄했다. 결국 드와이트 아이젠하워 대통령이 101 공수사단 부대를 학교가 있는 리틀록시에 파견하여 학생들의 등교를 강행했다.

미국 역사상 전례 없는 법원 명령 거부에 직면한 법원은 1958년 9월 특별 회기를 소집하여 쿠퍼 대 애런 판결 | 아칸소 주 리틀록 교육위원회가 인종 분리 정책을 30개월 동안 연기할 수 있는 권리를 거부한 판결 | 을 내렸고, 제8순회 항소법원이 아칸소 지방법원의 리틀록 통합 금지 명령을 뒤집는 판결을 내렸다.[24] 쿠퍼 대 애런 판결은 법원의 만장일치 의견뿐만 아니라 의견서 서두에 판사 9명 전원의 이름을 모두 명시한 것으로 유명하다. 이 판결에서 법원은 마버리 대 매디슨 판결의 사법적 심사 권한을 불러낸다.

1803년 마셜 대법원장은 만장일치 의견을 대표하여 헌법을 "가장 근본적이고 가장 중요한 국가의 법률"로 지칭하면서, 마버리 대 매디슨 사건(1 Cranch 137, 177)에서 "법을 정의하는 것은 명백한 사법부의 권한이자 의무"라고 선언했다. 이 판결은 연방 사법부가 헌법 해석의 최고 권위 기관이라는 기본 원칙을 선언했으며, 이후 대법원과 국가는 이 원칙을 헌법 질서의 영구적이고 필수 불가결한 특징으로 존중하게 되었다. 그러므로 결과적으로, 대법원이 브라운 판결을 통

해 밝힌 수정헌법 제14조 | 남북전쟁 후 성립된 3개의 헌법 수정 규정(제13조·제14조·제15조) 중 하나로, '적법 절차 조항'과 '평등 보호 조항' 등 노예 출신 흑인과 그 후손의 권리를 보장할 목적으로 규정되었다. | 해석은 미국 최고의 법이다.

거대한 안타에우스 | 다리가 어머니 대지에 닿아야만 강해지는 포세이돈과 가이아의 아들 | 가 힘을 얻기 위해 대지에 닿는 것처럼, 법원은 정부 권력의 한 축으로서 헌법이라는 근원에 뿌리를 댄다. 여기서 "그러므로 결과적으로"라는 문구에 주목하자. 그 의미는 헌법뿐만 아니라 헌법에서 파생된 해석 서사 또한 최상위 법률이라는 뜻이다.

쿠퍼 대 애런 판결의 만장일치 의견에 펠릭스 프랑크푸르터 판사의 동의 의견서가 첨부되어 있는데, 이 자기중심적인 행보는 대법원이 이 사건에서 보여 준 감동적인 통일성을 훼손하지만 문서 자체는 매우 흥미롭다. 이 문서는 법을 집행하기는커녕 훼방 놓으려는 주 행정부의 "심각하게 파괴적인" 권력 행사에 대한 예민하고 웅변적이며 부자연스러운 사법적 수사로 가득하다. 그와 동시에 "브라운 사건에 대한 이 법원의 견고한 판결"을 재확인한다. 여기서 형용사 "견고한adamant"이 암시하듯이 브라운 판결은 돌에 새긴 것처럼 확고하다. 프랑크푸르터는 마버리 대 매디슨 사건보다 더 과거로 올라가 "사람이 아닌 법에 의거한 정부"의 필요성을 주장한 존 애덤스를 인용한다. 뒤이어 프랑크푸르터는 미국

대 미국 광산 노동자 사건에서 자신이 낸 동의 의견서를 다음과 같이 인용한다.[25]

나라를 세우고 헌법을 설계한 사람들은 법에 근거한 정부라는 개념이 매우 중요하다는 생각을 마음에 품고 있었다. 물론 그들은 그러한 개념을 폄훼하는 사람들과 마찬가지로 사람이 법을 만들고 해석하고 집행해야 한다는 것을 잘 알고 있었지만 말이다. 이를 위해 그들은 엄격한 교육과정을 이수하고 인격을 수련하고 숱한 사적 이익의 유혹을 물리침으로써 "모두가 인정할 정도로 자유롭고 공정하고 독립적"이라고 여겨질 수 있는 법의 수호자가 될 사람들을 따로 뽑아 두었다. 헌법을 제정한 건국 선조들은 법치주의를 확립하고자 하는 열망이 강했으므로, 사법부에 특별 보호 장치와 위신을 부여했다.

여기서 대법관이라는 사제 계급이 전면에 등장한다. 이 해석자들은 여타 해석자들과는 차원이 다르다. 그들은 이른바 "법의 보호자"다. 그들은 따로 떨어져 성전에서 법률을 심사숙고하고 설명한다. 여기서 언급하는 법은 일반적인 법률이 아니라 최고 권위의 법률처럼 들린다. 프랭크푸르터는 법원이 선언한 헌법적 서사에 불복종하는 파괴적 위협에 대응하기 위해서는 법원의 위상, 즉 법원의 발화 행위의 엄숙한 맥락을 강조하는 수사가 필요하다고 생각했다.

"그렇게 명령한다." 그렇게 제시된 결과는 해석의 역사를 쓴다. 이때 대법관들은 역사를 거슬러 올라가 원문을 거론하는 동시에, 이 목적에 도달할 때 발생하는 제약 요소들을 강조하는 수사를 동원한다. 법원은 목적을 달성하기 위해 기원과 제약을 강조하는 기원-목적론적 담론을 보여 준다. 언약을 말하는 이러한 서사는 꼭 필요하다. 그래서 언약적 담론이 이와 유사하다. 예언과 완성의 구조는 사회를 지배하는 모든 거대서사의 필수 요건일지도 모른다. 미국의 헌법 해석 담론이 유별나게 성서적이라고 해서 그리 놀랄 일은 아니다. 신의 섭리를 거론하지 않는 사회는 거의 없기 때문이다. 만약 헌법이 기원 신화라면, 우리는 당연히 헌법이 신화적인 서사적 결과를 도출할 것으로 예상해야 한다. 그러나 우리는 또한 헌법의 서사적 논리를 날카롭게 인식하고 있어야 한다.

법학계에서도 이야기의 중요성을 강조한다. 그러나 법적 서사에 주목하는 분석적 방법론을 반대하고 편견을 강화하는 쪽으로 향한다. 1989년 《미시간 법학 리뷰》에 실린 법학 교수 리처드 델가도의 논문 〈반대론자와 여러 사람을 위한 스토리텔링〉은 내러티브가 전통적으로 법의 보호를 받지 못하는 사람들이 이의를 제기할 수 있는 도구를 제공한다는 생각을 처음으로 개진한다. 서사는 통상적인 법적 담론의 반대편에 서 있다. 즉, 서사는 급진적이며 확신에 균열을 가한다. 그 주장은 윤리적이고 감정적이다. 당연히 맞는 말이다. 이후 많은 논문들이 나와 그 구체적인 의미들을 더욱 정교하게 발전시켰다. 특히 실제 삶을 바탕으로 한 서사를 이용하여 일반적인 법적 담론을 비판하는 문제를 다루었다.[26]

그러나 반대론자와 외부 운동단체를 위한 스토리텔링은 이야기를 너무 좁게 해석하고 전적으로 이야기에 긍정적인 가치만을 부여하는 결과를 초래한다. 그 과정에서 이야기가 모든 면에서 법에 스며들어 있다는 사실, 그리고 이야기가 좋은 일도 하지만 나쁜 일도 한다는 사실은 큰 조명을 받지 못했다. 본질적으로 가치 있는 서사, 무가치한 서사는 없다. 중요한 것은 서사의 사용법이다. 그리고 이야기에 특정한 도덕적 가치를 부여한다면, 정말 필요한 것은 뒷전으로 물러나게 마련이다. 다시 말해, 서사가 법률에서 수행하는 역할이 제대로 분석될 기회가 사라져 버린다.

그래서 나는 지루하게 들리겠지만 다음과 같은 호소로 이 논의를 끝맺지 않을 수 없다. 법률가들이 서사를 배우도록 만들자. 서사를 연구하는 분석적 틀, 즉 "서사학"이라는 이름의 학문을 배우도록 만들자.

법의 언어는 폐쇄적이고 변화에 저항하는 경향이 있다. 특히 법률 분야 바깥에서 오는 변화에 대해서는 더욱 그렇다. 하지만 오늘날 로스쿨 교육과정에 스토리텔링 연구가 포함되는 것을 보니 스토리텔링이 법에서 큰 역할을 한다는 충분한 증거가 있는 것 같다. 스토리텔링에 대한 관심이 실제로 법률 교육에 어느 정도 자리를 잡고 있는 것은 사실이지만, 일반적으로 주변부에서만 맴돌고 있다. 가령 재판 및 변론에 관한 임상 과정에 국한되어 있는데, 그것이 교과과정의 중심도 아니거니와 그 위상도 높지 않다. 법은 서사가 실제로 어떻게 사용되는지에 대한 분석적 관심 없이도 실제 업무에서 서사를 계속 다룰 수 있다. 그러므로 법 바깥에 있는 사람들이 법이 내러티브로 구성되어 있으며, 법의 이야기들을 있는 그대로 직시하고 그에 대해 비판적 관심을 기울여야 한다고 계속 주장할 필요가 있다.

법의 이야기를 논함으로써 우리는 분석적 서사 연구가 문학 연구라는 기원을 벗어나 어떻게 확장될 수 있는지 알 수 있다. "서사학"은 서사적 분석을 요하는 다른 많은 연구로 보내는 문학의 수출품이 되어야 하고, 그러한 작업은 이미 시작되고 있다.

첫 장에서 언급했듯이 서사의 작용은 역사, 철학, 경제학, 의학 등 다양한 분야에서 이미 확인되었다. 물론 그 역할은 분야마다 다르고, 부분적으로만 그 중요성이 인정되고 있기는 하다. 그러나 여전히 서사는 미디어, 기업, 정치 등 현실의 상당 부분을 지배하고 있으며, 서사 분석의 과제가 아직 끝나지 않았다는 것은 분명하다. 우리는 이야기가 어떻게 사람들에게 동기를 부여하고 통제하는지 이제 막 분석적으로 규명하기 시작했을 뿐이다. 분석되지 않은 이야기, 즉 진짜 신화, 필연적인 신화로 알려지고 전파된 이야기들이 사람을 죽일 수도 있다.

우리는 인문학, 특히 문학 연구가 생성한 지식이 공적으로 푸대접받고 조롱당하는 시대에 살고 있다. 오늘날 유일하게 가치 있다고 여겨지는 지식은 도구적 지식, 즉 세상에 직접적으로 작용하는 지식이다. 문학 분석이 제공하는 비평은 더 간접적이지만 그에 못지않게 중요하다는 것이 나의 생각이다. 나는 인문학이 제공하는 반성적 지식, 즉 경제·윤리·정치의 지배적 서사를 분석하는 작업이 그 어느 때보다 절실하다고 주장한다. 공적 영역에서 문학적 인문학의 역할은 바로 이런 것이다. 그것은 세상을 거짓되고 총체적인 시각으로 설명하려는 시도에 맞서 공적인 저항 도구를 제공하는 일, 우리 시대의 유해한 신화를 해체하는 방법을 전파하는 일이다.

미주

1. 이야기가 넘치다: 서사에 매혹된 세계

1 Jerome Bruner, "The Narrative Construction of Reality," in *Critical Inquiry* 18, no. 1 (1991): 1–21. 서사 연구에 관한 추가 정보는 내가 쓴 책《플롯 찾아 읽기》첫 장에서 찾을 수 있다. *Reading for the Plot: Design and Intention in Narrative* (1984; Cambridge: Harvard University Press, 1992).

2 그 과목을 통해 우리가 의도했던 바를 희미하게나마 알고자 한다면, 앨빈 B. 커넌Alvin B. Kernan, J. 마이클 홀퀴스트Michael Holquist와 내가 편집한 선집을 찾아보면 된다. *Man and His Fictions: An Introduction to Fiction-Making, Its Forms and Uses* (New York: Harcourt Brace Jovanovich, 1973). 그러나 이 선집은 강의에 사용된 적이 없으며, 다른 교육기관에서도 거의 채택되지 않았다.

3 Roland Barthes, "Introduction à l'analyse structurale des récits," *Communications* 8 (1966). English trans. Richard Howard, "Introduction to the Structural Analysis of Narratives," in A *Barthes Reader*, ed. Susan Sontag (New York: Hill & Wang, 1982).

4 Jean-François Lyotard, *La Condition postmoderne* (Paris: Éditions de Minuit, 1979); English trans. Geoffrey Bennington and Brian Massumi, *The Postmodern Condition* (Minneapolis: University of Minnesota Press, 1984).

5 Ben Smith, "Arrest in Canada Casts a Shadow on a New York Times Star, and the Times," *New York Times*, October 12, 2020.

6 Christian Salmon, *Storytelling: La Machine à fabriquer des histoires et formatter les esprits* (Paris: La Découverte, 2007); English trans. David Macey, *Storytelling: Bewitching the Modern Mind* (London: Verso, 2010). 영어 번역본의 부제는 프랑스어 원문에 비교해 강조점이 약간 다르다. 살몽은 내가 쓴 논문이 영감을 주었다고 말한다. Brooks, "Stories Abounding," *Chronicle of Higher Education*, March 23, 2001.

7 "Let's Talk About Higher Wages," *New York Times*, November 29, 2020.

8 Annette Simmons, *Whoever Tells the Best Story Wins* (New York: AMACOM, 2007), 211. Lisa Cron, *Story or Die: How to Use Brain Science to Engage, Persuade, and Change Minds in Business and in Life* (California

and New York: Ten Speed, 2021).

9 https://storycorps.org.

10 Story Skills Workshop: https://akimbo.com/thepodcastingworkshop.

11 현실과 영화를 혼동한 레이건 대통령에 관해서는, Gary Wills, *Reagan's America: Innocents at Home* (New York: Doubleday, 1986).

12 Louis O. Mink, "Narrative Form as a Cognitive Instrument," in Mink, *Historical Understanding*, ed. Brian Fay, Eugene O. Golob, and Richard T. Vann (Ithaca: Cornell University Press, 1987), 201.

13 Anthony G. Amsterdam and Jerome Bruner, *Minding the Law* (Cambridge: Harvard University Press, 2000), 111.

14 이러한 표준적 관점의 예로는 Peter Brooks and Paul Gewirtz, *Law's Stories: Narrative and Rhetoric in the Law*에 대한 리처드 포스너의 서평을 참고하라. "Legal Narratology," *University of Chicago Law Review* 64 (1997): 737.

15 Hanna Meretoja, "Narrative and Human Existence: Ontology, Epistemology, and Ethics," *New Literary History* 45, no. 1 (2014).

16 러시아 형식주의의 저작과 이차자료는 광범위하다. 이에 대한 간결한 해설로는 Peter Steiner, "Russian Formalism," in *The Cambridge History of Literary Criticism*, ed. Raman Selden (Cambridge: Cambridge University Press, 1995), 8:11–30.

17 Barthes, "Introduction à l'analyse structurale des récits"; Sontag, *Barthes Reader*. Gérard Genette, *Discours du récit in Figures III* (Paris: Éditions du Seuil, 1972). English trans. Jane Lewin, *Narrative Discourse: An Essay in Method* (Ithaca: Cornell University Press, 1983). 인용된 연구서 외에, 서사를 체계적으로 공부하고자 하는 이들에게 다음과 같은 책을 추천한다. Shlomith Rimmon-Kenan, *Narrative Fiction: Contemporary Poetics* (London: Methuen, 1983), and H. Porter Abbott, *The Cambridge Introduction to Narrative* (Cambridge: Cambridge University Press, 2002).

18 Carlo Ginzburg, "Spie. Radici di un paradigma indizario," in *Miti, emblemi, spie: Morfologia e storia* (Turin: Einaudi, 1986), 166. English trans. John and Anne C. Tedeschi, "Clues: Roots of an Evidential Paradigm," in *Myths, Emblems, and the Historical Method* (Baltimore: Johns Hopkins University Press, 1990), 102. 긴즈부르그의 인용문에서 나는 직역이 필요하다고 판단되는 경우 테데스키의 번역을 수정했다. 테렌스 케이브의 중요한 연구서는 긴즈부르그의 탁월한 통찰을 밑바탕으로 삼고 있다. Terence Cave, *Recognitions: A Study in Poetics* (Oxford: Clarendon, 1988).

19 다윈과 소설의 관계에 관해서는, Gillian Beer, *Darwin's Plots: Evolutionary*

Narrative in Darwin, George Eliot and Nineteenth-Century Fiction (London: Routledge and Kegan Paul, 1983), and George Levine, *Darwin and the Novelists: Patterns of Science in Victorian Fiction* (Cambridge: Harvard University Press, 1988). 19세기부터 20세기까지 현대의 문화를 주도한 인물들 (즉, 다윈, 마르크스, 프로이트)은 설명이 본질적으로 서사적이라고 생각했을 것으로 주장할 수 있다.

20 See Roman Jakobson, "Two Aspects of Language and Two Types of Aphasic Disturbances," in Jakobson and Morris Halle, *Fundamentals of Language* (The Hague: Mouton, 1956).

21 Galen Strawson, "A Fallacy of Our Age," in *Things That Bother Me: Death, Freedom, the Self, Etc.* (New York: New York Review Books, 2018), 45.

22 Strawson, *Things That Bother Me*, 55, Charles Taylor, *Sources of the Self: Making of the Modern Identity* (Cambridge: Harvard University Press, 1989), 47, 52.

23 Strawson, *Things That Bother Me, 56, Alasdair MacIntyre, After Virtue: A Study in Moral Theory* (London: Duckworth, 1981), 203–4.

24 Strawson, *Things That Bother Me*, 58. Walter Benjamin, "The Storyteller," in *The Storyteller Essays*, ed. Samuel Titan, trans. Tess Lewis (New York: New York Review Books, 2019).

25 "Fictions of the Wolf Man: Freud and Narrative Understanding," in *Reading for the Plot, 264–85; Psychoanalysis and Storytelling* (Oxford: Blackwell, 1994).

26 Strawson, *Things That Bother Me*, 178.

27 Jorge Luis Borges, "Tlön, Uqbar, Orbis Tertius," trans. James E. Irby, in *Labyrinths: Selected Stories and Other Writings* (Norfolk, CT: New Directions, 1962), 15–16.

28 허구와 신화에 대해서는 Frank Kermode, *The Sense of an Ending: Studies in the Theory of Fiction* (New York: Oxford University Press, 1967)을 보라. 이 책은 서사에 관한 내 생각을 정리하는 데에 큰 영향을 주었다.

29 에놀라 게이 논쟁을 비롯하여 역사 재현의 쟁점들에 관해서는, Sarah Maza, *Thinking About History* (Chicago: University of Chicago Press, 2017).

30 Ezra Klein, "What's Really Behind the 1619 Backlash? An Interview with Nikole Hannah-Jones and Ta-Nehisi Coates," *New York Times*, July 30, 2021.

31 Jake Silverstein, "Why We Published the 1619 Project," *New York Times Magazine*, December 10, 2019.

2. 서사의 인식론

1 심리적 서사, 인용 독백, 서술된 독백narrated monologue과 같은 도릿 콘Dorrit Cohn의 용어는 매우 유용하다. 서술된 독백은 의식을 표현하는 가장 중요한 현대소설 기법이라고 할 수 있는 프랑스식 자유간접화법style indirect libre 에 상응한다. Cohn, *Transparent Minds: Narrative Modes for Presenting Consciousness in Fiction* (Princeton: Princeton University Press, 1984). 《기차를 탄 소녀》에 대한 나의 비평에 동의하지 않았지만, 이 장을 읽고 아낌없는 의견을 보내 준 레이첼 볼비에 감사한다.

2 "마음 이론"은 소설을 읽을 때 촉발되는 활동으로서 인지적 신경과학에서 영감을 받은 비평 분과의 주요 개념이 되었다. 다음 저서를 참고하라. Lisa Zunshine, *Why We Read Fiction: Theory of Mind and the Novel* (Columbus: Ohio State University Press, 2006); Blakey Vermeule, *Why Do We Care About Literary Characters?* (Baltimore: Johns Hopkins University Press, 2009); Jonathan Kramnick, *Paper Minds: Literature and the Ecology of Consciousness* (Chicago: University of Chicago Press, 2018).

3 이 문제에 대해서는, Ruediger Heinze, "Violations of Mimetic Epistemology in First-Person Narrative Fiction," *Narrative* 16, no. 3 (2008): 279–97.

4 Paula Hawkins, *The Girl on the Train* (New York: Riverhead, 2015), 304.

5 Rimmon-Kenan, *Narrative Fiction*, 80.

6 1인칭 현재시제 서사에 대해 도릿 콘은 "인물들이 살아서도 이야기하고, 심지어 죽어서도 이야기할 수 있는 완전히 비현실적인 서사적 상황"을 제공한다고 말한다. Cohn, *The Distinction of Fiction* (Baltimore: Johns Hopkins University Press, 1999), 33.

7 Leo Tolstoy, *The Death of Ivan Ilyich and Other Stories*, trans. Richard Pevear and Larissa Volokhonsky (New York: Knopf, 2009), 91.

8 Gustave Flaubert, *Un Coeur simple*, in *Trois Contes* (Paris: Garnier/Flammarion, 1986), 78. 저자 번역.

9 See James Wood, "The Blue River of Truth," *New Republic*, August 1, 2005.

10 "J'ai trouvé les moyens, avec beaucoup de soin et de peine, de recouvrer une copie correcte de la traduction de cinq Lettres Portugaises qui ont été écrites à un gentilhomme de qualité qui servoit en Portugal." Gabriel de Guilleragues, *Lettres portugaises*, ed. Frédéric Deloffre (Paris: Garnier, 1962).

11 Frédéric Deloffre, cited by Vivienne G. Mylne in *The Eighteenth-Century French Novel: Techniques of Illusion* (Manchester: Manchester University

Press, 1965), 145.

12 Denis Diderot, *Éloge de Richardson, in Oeuvres esthétiques*, ed. Paul Vernière (Paris: Garnier, 2001).

13 Samuel Richardson, letter of April 9, 1748, in Alan Dugald McKillop, *The Early Masters of English Fiction* (Lawrence: University of Kansas Press, 1956), 42.

14 Daniel Defoe, *The Fortunes and Misfortunes of the Famous Moll Flanders* (London: Penguin, 1989), 37.

15 18세기 프랑스소설의 검열에 대해서는, Georges May, *Le Dilemme du roman français au XVIIIe siècle* (New Haven: Yale University Press, 1963).

16 파라텍스트 개념에 대해서는 Gérard Genette, *Seuils* (Paris: Éditions du Seuil, 1987); English trans. Jane Lewin, *Paratexts: Thresholds of Interpretation* (Cambridge: Cambridge University Press, 1997).

17 "머스그레이브 제의"에 대해서는, *Reading for the Plot*, 23–27.

18 Arthur Conan Doyle, "The Naval Treaty," in Conan Doyle, *Sherlock Holmes: The Complete Novels and Stories* (New York: Bantam Classics, 2003), 1:734.

19 Henry James, Preface to The Golden Bowl, in *Henry James: Literary Criticism* (New York: Library of America, 1984), 2:1322.

20 William Faulkner, *Absalom, Absalom!* (1936; New York: Vintage, 1990), 283. 다른 인용은 각각 214, 220.

21 클린스 브룩스Cleanth Brooks는 퀜틴이 1910년 서트펜스 헌드레드를 방문했을 때, 기록되지 않은 헨리 서트펜과의 대화에서 이 사실을 알게 되었을 것이라고 주장한다. 이는 매우 창의적인 추론이지만, 정당화되기는 어렵다. 필요한 단서가 바로 눈앞에 분명하게 드러나 있기 때문이다. 저명한 포크너 학자 브룩스는 이를 놓치고 있다. Brooks, *William Faulkner: The Yoknapatawpha Country* (New Haven: Yale University Press, 1963), 314–17, 436–41. 다음 책도 참고할 만하다. Michael Gorra, *The Saddest Words: William Faulkner's Civil War* (New York: Norton, 2020). 고라는 퀜틴의 정보 출처에 대하여 어떤 결정을 내리지 않는다.

22 Sigmund Freud, "Constructions in Analysis," in *The Standard Edition of the Complete Psychological Works* (London: Hogarth, 1953–74), 23:265–66.

23 이 주제에 관해서는, Ann Gaylin, *Eavesdropping in the Novel from Austen to Proust* (Cambridge: Cambridge University Press, 2002).

24 Hayden White, *The Content of the Form: Narrative Discourse and Historical Representation* (Baltimore: Johns Hopkins University Press,

1987), 215n.

3. 이야기꾼, 이야기, 이야기가 만드는 차이

1 William Labov and Joshua Waletzky, "Narrative Analysis: Oral Versions of Personal Experience," in *Essays on the Verbal and Visual Arts*, ed. June Helm (Seattle: University of Washington Press, 1967). 여기서 내가 "그"라고 말하는 이유는 음성 녹음된 모든 화자가 남성이었기 때문이다.

2 소크라테스는 구술에 대해 이렇게 말한다. "일단 말이 글로 쓰여지면 아무렇게 나 이리저리 굴러다닌다. 이를 이해하는 사람이든 이해하지 못하는 사람이든 상관없다. 그 글이 누구에게 응답하는지 또는 응답하지 않는지도 전혀 알 수 없다. 그리고 글은 부당한 대우를 받거나 학대당하면 보호해 줄 부모가 없으므로 자신을 보호하거나 방어할 수 없다." Plato, *Phaedrus*, 275e, trans. Benjamin Jowett, in *The Collected Dialogues*, ed. Edith Hamilton and Huntington Cairns (Princeton: Princeton Univeristy Press, 1963), 521. 이 부분에 대해 서는 찰스 라르모어의 지적을 참고하였다. Charles Larmore, "The Ethics of Reading," in T*he Humanities and Public Life*, ed. Peter Brooks with Hilary Jewett (New York: Fordham University Press, 2014).

3 John D. Niles, *Homo Narrans: The Poetics and Anthropology of Oral Literature* (Philadelphia: University of Pennsylvania Press, 2010), 53.

4 "Translator's Preface," in *The Book of the Thousand Nights and a Night*, trans. Richard Burton (Benares: Kamashastra Society, 1885), 8.

5 Georg Lukács, "Illusions Perdues," trans. Paul Laveau, in *Balzac et le réalisme français* (Paris: F. Maspéro, 1969).

6 *Another Study of Womankind*, trans. Jordan Stump, in Honoré de Balzac, *The Human Comedy: Selected Stories*, ed. Peter Brooks (New York: New York Review Books, 2014), 18. *Autre Étude de femme*, in Honoré de Balzac, *La Comédie humaine*, 12 vols. (Paris: Bibliothèque de la Pléiade, 1976), 3:674.

7 William Labov, "Some Further Steps in Narrative Analysis," *Journal of Narrative and Life History* 7, nos. 1–4 (1997): 395.

8 Guy de Maupassant, "Une Ruse," in *Contes et nouvelles*, ed. Louis Forestier (Paris: Bibliothèque de la Pléiade, 1974).

9 Saki (H. H. Munro), "The Open Window," in *Beasts and Super-Beasts* (London: John Lane, 1914).

10 Joseph Conrad, *Heart of Darkness*, ed. Owen Knowles and Allan H. Simmons (Cambridge: Cambridge University Press, 2018), 83.

11 "깊은 생각에 잠긴 표정pensivity"에 대해서는 바르트의 책을 보라. Roland Barthes, *S/Z*, trans. Richard Miller (New York: Hill & Wang, 1974). 프랑스 어판은 *S/Z* (Paris: Éditions du Seuil, 1970).

12 Charlotte Brontë, *Villette* (1853; London: Penguin, 2004), 341. 다른 인용문 의 경우 각각 364, 380, 73, 77, 80–81, 178, 180, 200, 245.

13 Walter Benjamin, "The Storyteller," in *The Storyteller Essays*, ed. Samuel Titan, trans. Tess Lewis (New York: New York Review Books, 2019), 56. 다른 인용문은 각각 49, 59, 87, 91, 65–66, 51–52, 9, 41.

14 Peter Brooks, "Dying Declarations," in *Fictional Discourse and the Law*, ed. Hans J. Lind (Abingdon: Routledge, 2020), 117–23.

15 이에 대해서는 Peter Brooks, *Troubling Confessions: Speaking Guilt in Law and Literature* (Chicago: University of Chicago Press, 2000), 159–60.

16 다니엘 디포의 몰 플랜더스가 제기한 반대 의견을 살펴보자. "뉴게이트 교목이 나한테 찾아와서 자기 얘기를 하고 갔어요. 내가 뭘 했는지도 모르면서 성직자 랍시고 범죄를 고백하라고 하고 다 밝히라고 하고 뭐 그런 식이었죠. 그렇지 않 으면 신이 나를 용서하지 않을 거라고 말이죠. 뭔 말을 하는지 요점도 없어요. 별로 위로받지도 못했구요. 그뿐인가요, 아침에 고백과 참회를 들먹이더니 낮 에는 술에 취한 꼴이라니, 정말 충격이었어요. 그 사람이 하는 일도 싫었지만 사 람 자체가 구역질이 나더라구요. 하는 일은 뭐 서서히 싫어졌지만. 암튼 그래서 이제 찾아오지 말라고 그랬죠." 여기서 몰 플랜더스는 교목과 법률 체계 사이에 분명히 존재했던 공모 관계를 정확하게 포착하고 있다. Defoe, *Moll Flanders*, 285.

4. 허구적 존재의 유혹

1 Diderot, "Eloge de Richardson," 30.

2 Paul L. Harris, *The Work of the Imagination* (Oxford: Wiley-Blackwell, 2000), 65.

3 서로 다른 코드가 교차하는 장소로서의 인물 개념에 대해서는, Barthes, *S/Z*. 어떤 점에서 바르트의 견해는 사회행동을 코드화된 것으로 보는 사회학자 어 빙 고프만Erving Goffman의 견해와 일치한다. 이에 대해서는 Goffman, *The Presentation of Self in Everyday Life* (Edinburgh: Edinburgh University Press, 1959). 인물에 새로운 관심을 보인 문학 연구에 대해서는, see Alex Woloch, *The One vs. the Many* (Princeton: Princeton University Press, 2004); Vermeule, *Why Do We Care About Literary Characters?*; Zunshine, *Why We Read Fiction*; Amanda Anderson, Rita Felski, and Toril Moi,

Character: Three Inquiries in Literary Studies (Chicago: University of Chicago Press, 2019).

4 이와 관련된 책으로는, Peter Brooks, *Balzac's Lives* (New York: New York Review Books, 2020).

5 Marcel Proust, *À la recherche du temps perdu*, 4 vols. (Paris: Bibliothèque de la Pléiade, 1988), 3:762. 영어 번역본은 C. K. Scott Moncrieff, Terence Kilmartin, D. J. Enright, and (for vol. 6) Andreas Mayor (New York: Modern Library, 2003), 5:343. 본문의 내용은 다음 논문의 일부를 요약한 것이다. Brooks, "The Cemetery and the Novel: Persons and Fictions," in *Romanic Review* 111, no. 3 (2020): 357–36.

6 *Recherche* 1:84–85. English trans. *Swann's Way*, Lydia Davis (New York: Viking, 2003), 86–87.

7 See Catherine Gallagher, "The Rise of Fictionality," in *The Novel*, ed. Franco Moretti, 2 vols. (Princeton: Princeton University Press, 2006), 1:351.

8 Pléiade 2:152; ML 2:549–50. 원문 그대로의 표현을 살리기 위해 번역에 수정을 가했다.

9 Jean-Jacques Rousseau, *Julie; ou La nouvelle Héloïse* (1762; Paris: Garnier, 1960), 5. 내가 직접 번역했다.

10 Pléiade 4:489–90; ML 6:322.

11 참고할 책으로는 Zunshine, *Why We Read Fiction*.

12 Lynn Hunt, *Inventing Human Rights: A History* (New York: W. W. Norton, 2007).

13 Adam Smith, *The Theory of Moral Sentiments*, ed. D. D. Raphael and A. L. Macfie (Oxford: Oxford University Press, 1984), 9.

14 Pléiade 4:482; ML 6:310.

15 See Jacques Rancière, *La Chair et les mots* (Paris: Éditions Galillée, 1989); English trans. Charlotte Mandell, *The Flesh of Words: The Politics of Writing* (Stanford: Stanford University Press, 2004).

16 Freud, "The Ego and the Id," Standard Edition 19:29.

17 John Keats, *Letter to Richard Woodhouse*, October 27, 1818, in *The Letters of John Keats*, ed. Maurice Buxton Forman (3rd ed.; Cambridge: Chadwyck-Healey, 1999). 부정적 능력의 초기 개념은 1817년 12월에 조지 키츠와 톰 키츠에게 보낸 편지에 나온다.

18 Virginia Woolf, *Mr. Bennett and Mrs. Brown* (London: Hogarth, 1924), 4, 18.

19 Henry James, *The Beast in the Jungle*, in *Selected Tales* (London: Penguin,

2001), 437. 본문에 다룬 다른 인용문의 출처는 442.

20 Émile Benveniste, "De la subjectivité dans le langage," in *Problèmes de linguistique générale* (Paris: Gallimard, 1966), 258–66; English trans. Mary Elizabeth Meek, *Problems in General Linguistics* (Miami: University of Miami Press, 1973), 223–30.

21 Conrad, *Heart of Darkness*, 29.

22 Gustave Flaubert, *Madame Bovary* (1857; Paris: Gallimard/Folio, 1972), 253; English trans. Lydia Davis (New York: Viking, 2011).

5. 서사가 하는 일

1 특히 "진화 비평"을 주창한 브라이언 보이드의 책을 보라. Brian Boyd, *On the Origin of Stories: Evolution, Cognition, and Fiction* (Cambridge: Harvard University Press, 2010).

2 Friedrich Schiller, *On the Aesthetic Education of Man, in a Series of Letters*, ed. and trans. Elizabeth M. Wilkinson and L. A. Willoughby (1795; Oxford: Clarendon, 1967), 107. 실러 이후로 예술과 유희에 관한 뛰어난 연구가 이어졌다. Johan Huizinga, *Homo Ludens: A Study of the Play-Element in Culture* (1938; Boston: Beacon, 1955); Roger Caillois, *Les Jeux et les hommes* (1958; Paris: Gallimard/Folio, 1971); English trans. Meyer Barash, *Man, Play, and Games* (London: Thames and Hudson, 1961).

3 See Thoma Suddendorf and Andrew Whiten, "Great Ape Cognition and the Evolutionary Roots of Human Imagination," in *Imaginative Minds*, Proceedings of the British Academy, ed. Ilona Roth (Oxford: Oxford University Press for the British Academy, 2007), 32–59.

4 Harris, *Work of the Imagination*, 183.

5 D. W. Winnicott, *Playing and Reality* (London: Tavistock, 1971), 14. 다른 인용은 각각 100, 38.

6 Sigmund Freud, "Remembering, Repeating, and Working-Through" (1914), *Standard Edition* 12:154.

7 Lionel Trilling, "Freud and Literature," in *The Liberal Imagination: Essays on Literature and Society* (New York: Viking, 1950), 34–57.

8 Sigmund Freud, *Fragment of an Analysis of a Case of Hysteria* ("Dora"), Standard Edition 7:15–16.

9 Freud, "Constructions in Analysis," *Standard Edition* 23:257, 23:264.

10 예를 들어, Donald Spence, *Narrative Truth and Historical Truth: Meaning*

and Interpretation in Psychoanalysis (New York: W. W. Norton, 1984); Stanley A. Leavy, The Psychoanalytic Dialogue (New Haven: Yale University Press, 1987); Antonino Ferro, Psychoanalysis as Therapy and Storytelling, trans. Philip Slotkin (London: Routledge, 2006).

11 Jerome Bruner, Making Stories: Law, Literature, Life (New York: Farrar, Straus and Giroux, 2002), 64.

12 Strawson, "Fallacy of Our Age," 45. 스트로슨은 브루너를 인용한다. Bruner, "Life as Narrative," Social Research 54 (1987): 15, and Sacks, The Man Who Mistook His Wife for a Hat (London: Duckworth, 1985), 110.

13 Paul Ricoeur, "Life: A Story in Search of a Narrator," in A Ricoeur Reader: Reflection and Imagination, ed. Mario J. Valdés (Toronto: University of Toronto Press, 1991), 435, and Ricoeur, Temps et récit (Paris: Éditions du Seuil, 1983), 76, 85. English trans. Kathleen McLaughlin and David Pellauer, Time and Narrative, vol. 1 (Chicago: University of Chicago Press, 1990). 저자 번역.

14 Jean-Paul Sartre, La Nausée (1938; Paris: Gallimard/Folio, 1974), 63. English trans. Lloyd Alexander, Nausea (New York: New Directions, 1959). 저자 번역.

15 "만약as if"의 가치에 대해서는 한스 바이힝거Hans Vaihinger와 그의 "만약" 이론을 되살리려는 아피아Appiah의 탁월한 시도를 참조하라. Kwame Anthony Appiah, As If: Idealization and Ideals (Cambridge: Harvard University Press, 2017).

16 나는 1902년에 처음 출간된 러디어드 키플링의 《추측성 이야기Just-So Stories》 중 가장 잘 알려진 작품을 염두에 두고 있다.

17 Joseph Carroll, "The Adaptive Function of Literature," in Evolutionary and Neurocognitive Approaches to Aesthetics, Creativity, and the Arts, ed. Colin Martindale, Paul Locher, Vladimir M. Petrov (Amityville, NY: Baywood, 2008), 31–45.

18 Taylor, Sources of the Self, 36.

19 Henry James, "The Lesson of Balzac" (1905), in James, Literary Criticism, 2 vols. (New York: Library of America, 1984), 2:131–33.

20 1939년 평론 게재, Jean-Paul Sartre, "M. François Mauriac et la liberté," in La Nouvelle Revue Française, Situations (Paris: Gallimard, 1941)에 재수록; 영어 번역본 Annette Michelson, "François Mauriac and Freedom," Jean-Paul Sartre, Literary and Philosophical Essays (New York: Collier, 1962).

21 Sartre, Les Mots (Paris: Gallimard, 1964), 122; English trans. Bernard

Frechtman, *The Words* (New York: Vintage, 1981), 148.

22 Henry James, "Letter to the Deerfield Summer School," in *Literary Criticism*, 1:93–94.

23 Taylor, *Sources of the Self*, 215.

24 Jean-Jacques Rousseau, "Préface de Julie, ou entretien sur les romans," in *Julie, ou la nouvelle Heloïse*, 739. 일상의 이야기에 관해서는, Rachel Bowlby, *Everyday Stories* (Oxford: Oxford University Press, 2016).

25 Wallace Stevens, "Final Soliloquy of the Interior Paramour."

6. 법의 이야기, 법 속의 이야기

1 나는 여러 해에 걸쳐 이를 다양한 방식으로 다루었다. 특히, "Law as Narrative and as Rhetoric," in *Law's Stories: Narrative and Rhetoric in the Law*, ed. Peter Brooks and Paul Gewirtz (New Haven: Yale University Press, 1996), and "Clues, Evidence, Detection: Law Stories," *Narrative* 25, no. 1 (2017): 1–27.

2 Arthur Conan Doyle, "The Adventure of the Abbey Grange," in Conan Doyle, *Sherlock Holmes: The Complete Novels and Stories*, 1:1010. 이 이야기를 알려 준 분은 고故 로버트 퍼거슨이다.

3 People v. Zackowitz, 254 N.Y. 192 (1930). 내가 가르치던 세미나의 참석자로 이 사례를 알려 준 스티븐 슐호퍼에게 감사 드린다.

4 폴스그래프 판결에서 카르도조는 탑승객이 선로에 떨어뜨린 다량의 폭죽과 헬렌 폴스그래프가 입은 부상에 연관성이 거의 없으므로 롱아일랜드 철도회사는 헬렌 폴스그라프가 입은 부상에 대해 책임이 없다고 주장한다. 그러나 현대 불법행위법은 아마도 다르게 판결할 것이다. 그리고 사고의 발생은 카르도조의 설명과 다르다. 그는 폭발로 인해 "파편이 떨어져" 원고가 부상당했다고 주장하지만, 군중이 그녀를 넘어뜨렸을 가능성이 더 높다.

5 Amsterdam and Bruner, *Minding the Law*, 111. 원문 강조.

6 Old Chief v. United States, 519 US 172 (1997), 187.

7 Posner, "Legal Narratology," 737.

8 이에 대해서는 Bowlby, *Everyday Stories*.

9 Florida v. Jardines, 569 US 1 (2013).

10 Utah v. Strieff, 579 US ___, 136 S. Ct. 2056 (2016).

11 Michael H. v. Gerald D., 491 US 110 (1989). 12.

12 District of Columbia v. Heller, 554 US 570 (2008). 헬러의 주장에 대한 자세한 논의는 다음 논문을 참조하라. Brooks, "Law and Humanities: Two

Attempts," *Boston University Law Review* 93 (2013): 1437.

13 애덤 립태크의 다음과 같은 주장을 예로 들 수 있다. "헬러 사건의 양측은 수정 헌법 제2조 본문을 역사적 자료에 비추어 분석했고, 수정헌법 제2조 본래의 의미에 충실하다고 주장한다." "Justices' Ruling on Guns Elicits Rebuke, from the Right," *New York Times*, October 21, 2008. 달리아 리트윅은 다음과 같이 논평한다. 헬러는 "고등법원에서 보수적 해석 이론이 절대적 우위를 차지한다는 사실을 밝히고 있다. 헬러 이후 여러 논평가들은 결과에 상관없이 '우리 모두 원문주의자'라고 열광했다." "The Dark Matter of Our Cherished Document," *Slate*, November 17, 2008.

14 Planned Parenthood of Southeastern Pennsylvania v. Casey, 505 US 833 (1992).

15 The Court's logic here evokes Ronald Dworkin's celebrated image of constitutional interpretation as a "chain novel," each new chapter added by a new author who is nonetheless constrained by the plot developed in the preceding chapters. See Dworkin, Law's Empire (Cambridge: Harvard University Press, 1986).

16 Gérard Genette, "Vraisemblance et motivation," in *Figures II* (Paris: Éditions du Seuil, 1969), 94; English trans. David Gorman in *Narrative 9*, no. 3 (2001): 252.

17 Barthes, "Introduction à l'analyse structurale des récits," 10; Sontag, *Barthes Reader*, 266.

18 Miranda v. Arizona, 384 US 436 (1966).

19 스탠리 피시Stanley Fish는 로널드 드워킨Ronald Dworkin을 비판하면서 이와 비슷한 논지를 편다. "Working on the Chain Gang: Interpretation in Law and Literature," in *Doing What Comes Naturally: Change, Rhetoric, and the Practice of Theory in Literary and Legal Studies* (Durham: Duke University Press, 1989), 94.

20 Ginzburg, "Spie. Radici di un paradigma indizario," 158–59; "Clues: Roots of an Evidential Paradigm," 96–125.

21 See Erich Auerbach, "Figura," in *Scenes from the Drama of European Literature* (New York: Meridian, 1959), 38.

22 미란다와 관련하여 다음과 같이 조셉 핼펀Joseph Halpern의 견해를 참조할 수 있다. "반대의견과 달리 다수의견은 변화를 부정하고 이를 은폐하는 편리한 수사를 사용하고 있다." Halpern, "Judicious Discretion: Miranda and Legal Change," *Yale Journal of Criticism* 2, no. 1 (1987): 58. 핼펀의 탁월한 논문은 전체적으로 미란다 판결의 수사修辭에 대한 나의 관점이 옳다는 것을 입증한다.

23 Arthur Conan Doyle, "The Red-Headed League," in Conan Doyle, *Sherlock Holmes: The Complete Novels and Stories*, 1: 287.

24 Cooper v. Aaron, 358 US 1 (1958).

25 See United States v. United Mine Workers, 330 US 258 (1947).

26 See Richard Delgado, "Storytelling for Oppositionists and Others: A Plea for Narrative," *Michigan Law Review* 87 (1989): 2411. 이야기를 효과적으로 활용함으로써 법적 가정과 진부한 표현을 비판하는 부분에 관해서는, Patricia J. Williams, *The Alchemy of Race and Rights* (Cambridge: Harvard University Press, 1991).

스토리의 유혹

2023년   10월 31일 초판 1쇄 발행

지은이 ㅣ 피터 브룩스
옮긴이 ㅣ 백준걸
펴낸이 ㅣ 노경인 · 김주영

펴낸곳 ㅣ 도서출판 앨피
출판등록 ㅣ 2004년 11월 23일 제2011-000087호
전화 ㅣ 02-336-2776 팩스 ㅣ 0505-115-0525
블로그 ㅣ bolg.naver.com/lpbook12
전자우편 ㅣ lpbook12@naver.com

ISBN 979-11-92647-25-8